希望を紡ぐ教室

松本喜久夫

希望を紡ぐ教室＊目　次

「しんぶん赤旗」二〇一九年八月二十八日〜二〇二〇年三月五日付まで連載

第一章　新学年スタート

1

「もう十二時過ぎたよ。あんたら行かんでいいの」

義母の声がする。美由紀《みゆき》が服装に迷っているらしい。お気に入りだったスーツのサイズが合わなくなったとこぼしていた。

長女の真裕美《まゆみ》が生まれて一年。育休を取って、学童保育の指導員を休んでいた美由紀は、少し太ったようだ。もちろん本人にそんなことは言わない。

ようやく美由紀が部屋から出てきた。新婚旅行の時に着たライトピンクのスーツ姿だ。真之《まさゆき》も紺のスーツでネクタイをきちんと締めている。

「行ってらっしゃい。ゆっくりしてきてええよ」

真裕美を抱っこしながら、義母の節子は笑顔を見せた。このばあちゃんにすっかり懐いている真裕美は、二人のお出かけにもへっちゃらだ。

「真裕美ちゃーん。賢くしといてね」

真裕美に手を振り、二人は春の陽ざしの中を急ぎ足で最寄り駅へ向かった。

高橋真之は、大阪市の小学校教員になって六年目になる。二〇一五年の新学期を迎えてほぼ二十日、統一地方選挙もあってあわただしい日々が続いていたが、今日は特別な日だった。この春退職する、先輩教師の小宮山史朗を囲む会が開かれるのだ。

真之と美由紀にとって、小宮山は最も尊敬する特別な人だった。

真之が新任として赴任した南部小学校で二年目の時、学年主任だった小宮山には、困った時に助けられ、支えられ、教師としての生き方を教えられた。美由紀との出会いもその時だった。

小宮山はどんな時でも、上から目線でものを言わない。真之を教師として対等に扱ってくれた。全日本教職員組合（全教）に所属する全大阪市教職員組合（全市教）の積極的な活動家だったが、管理職に対しても、決して攻撃的ではなく、丁寧に接する人だった。

　そんな小宮山を信頼して、真之も組合に加入し、共に活動に加わってきた。二年前に港小学校へ転勤して、新しい職場に身を置いてからも、様々なアドバイスを受け、困難な学級を立て直し、職場に組合分会を作ることができたのだ。

　この春から真之も、五年生の学年主任となり、新任教員とペアを組む立場となった。自分より後輩に気を配る立場となったのだ。自分の学級づくりだけでも精一杯だと思っているのに、果たして何ができるのか。小宮山にはそんなこともぜひ聞いてみたかった。


　会場のエル法円坂会館に着くと、絣《かすり》の着物を着た千葉裕子《ゆうこ》が、受付で二人を迎えてくれた。

「まーくん、美由紀ちゃん、よう来てくれたね」

　久しぶりに見る千葉の笑顔だった。

　千葉も、真之たちにとっては大切な先輩だった。新任教師の時に、子どものくらしを知ることの大切さを教えてくれたのは千葉だった。

　優れた教育実践家であり、各地での講演や執筆に多忙な千葉だが、小宮山同様、身近で頼れる存在だった。

「小宮山先生に退職されると心細いですね」

　真之の言葉に、千葉は目を細めてうなずいた。

「ほんまやね。けど、これまでとは違う形で応援してくれると思うわ」

　二人は会場に入った。円テーブルが五つあり、真之たちの席は、小宮山の指導を受けて組合教育研究集会での演劇上演に参加した仲間たちのグループだった。真之と美由紀も参加してがんばったことが懐かしく思い出される。

　今では夫婦となった真之と美由紀が席に行くと、「おひさしぶり」「ベストカップル」などと口々に声がかかった。前職場の同僚で、真之の勧めで組合加入した三輪もいる。今では堺市の教員だ。

「おひさしぶりです。お子さん元気ですか」

「ありがとう。今月から一歳児保育に行き出したんや」

「そうですか。早いもんですね」

話が弾んでいる中、司会者が前に立った。

「みなさん。お忙しい中、小宮山史朗さんを囲む会にご出席いただきましてありがとうございます。呼びかけ人を代表して、同じ職場の千葉裕子さんからごあいさつします」

司会者の言葉を受けて、千葉が進み出た。

「みなさん。今日はようこそお越しくださいました。

新学期が始まり、お忙しいことでしょう。その上、大阪府議会と市議会の選挙もあって大変でしたね。

小宮山先生。長い間お疲れさんでした。私たち後輩をいつも温かく励まし、力づけてくれたことに、心から感謝しています。いい教師はいい組合員であるという言葉が、ぴったり当てはまる小宮山先生。おまけに、演劇や文化のスペシャリストですから、ほんとに頼もしい方です。もっともっと現場に残っていただきたいのです。みなさんもそう思いますよね」

「そう思います」と言う声が上がった。

千葉はうなずいて、言葉を続けた。

「退職後は、大学の教育学部で講師のお仕事が待っているとのこと。教職を志す若い仲間をしっかり育ててくれることでしょう。

本日ご参加のみなさんは、それぞれ小宮山先生とゆかりの深い方々ばかりです。お酒も大好きな小宮山先生と楽しく飲んでいただいて、色々なお話をいっぱい聞かせてください。どうか最後までよろしくお願いします」

大きな拍手が起こった。

続いて、小宮山と親交の深い前畑が乾杯の音頭に立った。前畑は、全市教の役員を経て、大阪教職員組合の中央執行委員を務めている。

前畑は、長年の小宮山の活躍をたたえ、今日は参加者一同で、旧交を温め、おおいに未来を語り合いましょうとあいさつして乾杯を宣言した。

乾杯と共に、テーブルにオードブルやサンドイッチが運ばれ、食事をしながら歓談となる。真之と美由紀は、さっそく小宮山のテーブルへあいさつに行った。

小宮山の席は、千葉も含めて、南部小学校の同僚とOBが集まっている。二人は、小宮山をはじめ、一同にあいさつした。

「おう、まーくん。忙しいのによう来てくれたな。美由紀さんも、ありがとう」

小宮山は立ち上がって二人に握手を求めた。相変わらず、温かく力強い手だった。

小宮山や千葉に話したいこと、聞きたいことはいろいろあるが、今はそうもいかないだろう。多分二次会があるだろうから、その時にしよう。

二人が席に戻る途中で、全市教青年部長の遠藤真琴が声をかけてきた。

「お疲れさん。選挙厳しかったね。なかなかやね」

思いは真之たちも同じだった。この春の統一地方選挙で、真之たち日本共産党教職員後援会が応援した共産党の府会議員は、四議席から三議席に後退し、大阪市内の議席は空白となった。大阪市会の方では、前回よりも一議席増やしたし、真之たちの大阪市教職員後援会は、教員出身の江坂茂候補に応援を集中させ、再選を勝ち取ったから、その点では喜んでいいのだが、やはり府議選の後退が気を重くしている。大阪では依然として橋下市長を先頭とする維新勢力が強いということが、ひしひしと感じられる選挙だったのだ。

「学校の方はどう」

「そちらもいろいろ大変です。今年から、学年主任で」

真之が話し始めた時、司会者が遠藤を呼びに来た。

「また、ゆっくりと聞かせてね。ほな」

遠藤は、軽く手を振って、司会者について行った。

2

やがてスピーチが始まった。

小宮山の大学時代の友人、組合仲間、同僚。いろいろなつながりで、小宮山の人となりや活躍が語られていった。大きな役職には就いていないし、本を著したりはしていないが、ここにいる人たちにとって、小宮山がいかに大切な存在であったかが伝わってきた。

スピーチの五人目に真之が指名された。あらかじめ、千葉から言われていたので、原稿を用意していたのだが、改まった言葉より、今の自分の思いを素直にしゃべりたい気持ちが突き上げてきた。

「港小学校の高橋真之と申します。小宮山先生には本当にお世話になっています。今日までありがとうございました……」

真之はこみ上げてくる思いで、少し言葉が途切れた。会場は静かになっている。

「教師二年目の時、小宮山先生と一緒に、五年生でミュージカルをやらせてもらいました。ウィリアム・テルという劇です。小宮山先生の指導は、ぼくの予想もしなかったやり方でした。上手とか下手とか、セリフを早く覚えろとかいう指導ではなく、子どもたち一人一人を主人公にした、自分たち自身で創り上げていく演劇でした。その時、歌の指導をしてくれたのが、松永美由紀さんでした」

「今は、最愛のパートナーやろ」と言う声がかかり、どっと笑いが起こった。

「その劇は、オーストリア王の帽子にお辞儀をすることを命令されたスイス人の闘いを描くものでした。ぼくは、この劇を通じて、小宮山先生が子どもたちに、自由の大切さを指導されたと思います。そして、それは、今卒業式で、君が代を歌うよう強制されているぼくたちの姿と重なって行きました。ぼくも、美由紀も、この劇を通して、何が大切かを学び、そして、美由紀は、卒業式での君が代伴奏を拒否して、講師の立場を捨てました。ぼくも、君が代を押し付けた校長に抗議しました」

会場はしんと静まり返った。

「美由紀は、教師になる道を捨てて、学童保育の指導員になり、今も、子どもたちの健やかな成長のためにがんばっています。今は夫婦となりましたが、それもぼくたちの心をつなぎあわせてくれた小宮山先生のおかげだと思っています。ありがとうございました」

小宮山は立ち上がって、とんでもないという風に手を振っている。笑いと拍手が起こった。

「その後も、ぼくは、小宮山先生に、いっぱい助けられました。自分の至らなさから、保護者とトラブってしまった時、先生に助けられ、『負担をかけ合うのが同僚や』と言ってもらったことは忘れられません。

退職されるのはさびしい限りですが、これからも、困った時は、いつも押しかけて教えを請いたいと思っています。どうか、今後ともよろしくお願いします。

ありがとうございました」

真之がスピーチを終えると、司会者が突然思いがけないことを言い出した。

「せっかくの機会ですから、奥さんの美由紀さんにも、一言お願いしたいのですが、どうですか」

美由紀は、意外とあっさり立ち上がり、前に出てきた。どうやら打ち合わせ済みらしい。千葉が何か美由紀にささやいている。千葉の差し金だったのか。

「高橋真之の妻、美由紀でございます。夫が言った通り、私たちの縁結びの神様は小宮山先生だと思っています。小宮山先生がいらっしゃったから、私たちの今日があると思っています。あの、私はしゃべるよりも、歌う方が好きなので、小宮山先生が作詞され、卒業式で子どもたちが歌った『明日への坂道』という歌を、歌わせていただきます。小宮山先生、真之さん、千葉先生もどうかごいっしょに歌ってください」

その歌は、真之が、小宮山と共に送り出した卒業生のために創られた歌だった。美由紀は、千葉と司会者が運び入れたキーボードに向かって、弾き語りで歌い出した。

明日に続く坂道を
誰でも一度は上るんだ
汗がふき出す夏の日も
指がかじかむ冬の日も
一歩一歩と踏みしめて

真之、小宮山、千葉の三人も前に出ていっしょに歌った。リードする美由紀の声はのびやかで、力強く響く。この会のハイライトとも言える歌声だった。

美由紀たちの歌の後は、スピーチと共に、ハーモニカの演奏や、フラメンコを披露する人もあり、和やかに会は進行して、最後に小宮山のあいさつとなった。

小宮山は一同にお礼の言葉を述べた後、真之も聞いたことのある、若い頃の失敗を語った。

「ついかっとなって、子どもを殴ってしまい、怪我をさせてしまったのです。すぐに保護者に謝りに行き、職員朝会でも反省を述べました。その後、役員選挙の立候補を辞退し、大きな迷惑をかけてしまいました」

初めて聞く人もいるようだ。静かに聞き入っている。

「日頃から、暴力反対などと言っていた自分が、子どもに暴力を振るってしまった。自己嫌悪に陥り、一時は、もう教師を辞めようかとまで思いつめました。

しかし、子どもたちはそんな私を許してくれて、無事卒業させることができ、私は深く心に決意しました。

これから、どんな時も、子どもたちに寄り添うことのできる教師になろうと。そして、職場の仲間と心を通わせて、立場や思想信条の違いを乗り越えて、一緒にがんばって行ける教師になろうと」

美由紀がつぶやいた。

「小宮山先生そのものやわ」

小宮山の話は続いた。労働戦線の再編で、日教組が分裂し、全日本教職員組合が作られたこと。それに結集する大阪教職員組合・大教組から、大阪市教組など十五の単組が分裂したので、大教組に結集する全大阪市教職員組合・全市教が作られた時のことが語られた。

「職場の中が、二つの組合に分かれるという辛い経験をしましたが、できる限り垣根を作らず、一緒にできることは一緒にやろうと努めてきました」

続いて小宮山は、維新の会が、教育現場を支配するようになってからのことを感慨深く語り続けた。

「私は、誰かとたたかうということはあまり好きではありませんが、今の政治のありさまを見ていると、じっと黙っているわけにはいきません」

小宮山の目が光ったような気がした。

「間もなく、大阪市をつぶすための大阪都構想を問う住民投票が行われます。憲法を変えて、戦争する国づくりを進めようとする動きも強まってくるでしょう。

公務員としての仕事を終え、これからはひとりの市民として、なすべきことをよく考え、行動していくつもりです。今後ともよろしくお願いいたします。今日は本当にありがとうございました」

大きな拍手の中、あいさつを終えた小宮山に、遠藤から花束が贈られた。小宮山は、照れ笑いを浮かべながら、かすかに涙ぐんでいるようだった。

参加者全員で集合写真を撮り、小宮山を囲む会は、少し予定を延長して終わった。

3

二次会の場所として、千葉たちが用意していた近くの居酒屋には、十人ほどのメンバーが集まり、二時間ほど歓談した後、お開きとなった。囲む会実行委員の人たちは、残って会計処理などをするということで、小宮山は礼を言って席を立った。

「まーくん。美由紀ちゃん。小宮山さんとお茶しよ。私も後から行くから、下の店へ行っといて」

千葉が誘ってくれたので、真之夫婦は三輪、遠藤と共に、小宮山に続いて居酒屋の下の喫茶店に入った。そろそろ日は暮れていたが、今日は節子ママが、真裕美を寝かしつけるまで面倒を見てくれるだろう。

真之は、さっそく小宮山に質問をぶつけた。

「なんで退職しはったんですか。しばらく再任用で勤める言うてはったのに」

「確かにそう言うたな」

五人が注文したコーヒーが運ばれてきた。四人はマイルドだが、小宮山は炭焼きブレンドだ。美由紀は砂糖抜きだが、フレッシュはたっぷりと入れる。

「教師でないとできないことも色々あるけどな。教師を辞めたらできることもあると思うようになったんや」

小宮山はちょっと笑いを浮かべながら言った。

「カミさん、まだ働いてるからな。少しは家の事もしてやりたいし、ご近所付き合いもせんとな」

真之は何となく納得した。そんな気持ちもわかる。

「ところで、まーくんとこの校長代わったんやて」

「はい、辞めはりました」

真之の学校に赴任してきた民間校長は三年で辞めた。

教育現場も、けっこう厳しいものだと思ったらしい。これと言った特色も出さず、あっさりと去って行った。代わりに来たのは上垣美紀子という校長で、専門は国語だという。今のところは穏やかで、腰の低い人だが、教員の評価にはけっこう厳しいというわさもある。これから職場がどう変わって行くのかは未知数だ。

教頭は民間校長が辞めたのでほっとしている。これまでのように、一切合財《いっさいがっさい》お任せということはなくなり、自分のしたい仕事ができると思っているようだ。そんなわけで、職場の中は静穏な空気が漂っていた。

「それでまーくん。自分の学年はどう。楽しくやってるの」

職場の話を聞いてくれた千葉の問いに、真之はちょっと答えをためらった。順調と言えるのかどうか、何とも言えない。今のところ大きな事件やもめ事はないが、隣の新任のことも心配だし、これから学年主任として、いろいろな行事や課題にぶつかって行かなければならないと思うと、気持ちが休まらないのだ。

「今年は五年です。新任の男性と、ぼくより少し先輩の女性と三人ですが、なんと学年主任にされたので」

「そうか。まーくんも、今や学年主任か。そうかそうか。信頼されてるんやな。その若さで」

小宮山の言葉に、真之は恥ずかしくて俯《うつむ》いてしまった。かつて小宮山に支えてもらった時のように、今や自分が新任を支えなければならないのだ。とてもそんなことができるとは思えない。

「真之さんの歳で、学年主任はざらですよ。私も去年からやってます」

「そやてね。私もサークルでそんな話を聞くわ」

遠藤の言葉に千葉も応じた。確かに、青年部仲間でも主任は少なくない。四十代、五十代の働き盛りが、めっきり減って、青年層と、退職後の嘱託や再任用が職場の多数を占めている。非正規の教員がどこでも多く、病欠者が出ても、なかなか代替の教員が来ないのが大阪市の現状なのだ。

「新任の指導教官とはどう。うまくいってる」

「それが、ぼくにはどうも」

指導教官のことも、真之は気がかりだった。松岡健作という退職教員が、小林洋介という新任教員についているのだが、真之の目から見て、あまりにも管理的で、命令的だった。

「とにかく、ルールを守らせろ、甘やかしたらあかん、決めたことは必ずその通りやり抜け。て、そんな調子で指導しはるんです。それも大事なことやとは思うけど、はたしてそれでやっていけるかどうか」

それは、真之が新任だった時、学年主任から言われ続けた言葉だった。だが、子どもたちに反発され、学級がうまくいかなくなった時、千葉の助言が、真之を大きく変えるきっかけとなったのだ。

「子どものくらしがわかったら、ほんとにかわいくなるよ」

真之は、それを今も教育実践の基本に据えていた。

「新任さんは、どんな感じなの」

遠藤が問いかけた。

「一応指導に従っていると思うんですが、あんまり納得してないみたいで、だんだん雰囲気も暗くなるし、子どももあんまり落ち着いてないようだし」

三輪が言葉をはさんだ。

「ぼくも講師の時、ずいぶんご心配をおかけしました。理科専科やったけど、授業めちゃくちゃ下手で」

そういえば、小宮山と共に、三輪の教材研究を助けたことがある。どうすれば子どもたちが興味を持ってくれるかを考えた手作りの授業だった。だが、指導書通りの授業を求められている小林には、そんなことはとてもできないだろう。

「まーくんのがんばりどころやな。しっかり後輩を助けたってくれよ」

小宮山の言葉に、真之はうなずくしかない。確かにそうなのだが、まだまだ小宮山のようにはいかない。

「ところで、美由紀さんもお母さんの新任やな。パートナーはどう。ちゃんと支えてくれてるか」

「まあまあです。評価はBくらいかも」

「何言うてるんや。Sとは言わんけどAぐらいはやってますよ」

評価育成システムという名の教員評価を持ちだした二人の会話に、千葉は苦笑した。

「やめとき。しょうもない評価は、私らが一番むかついてることやろ」

みんなはほろ苦い笑いを浮かべた。その通りだ。

「四月から、私も職場復帰したんで、一歳児保育に行き出したんです」

美由紀は笑顔でしゃべりだした。

「育休中に車の免許取ったんです。保育所通いに必要になるかなと思って」

「えらいなあ。毎日送り迎えしてんの。だいぶ遠い……」

小宮山の言葉を遮るように真之がすばやく言った。

「ぼくも水曜と土曜はお迎えに行ってます」

「もう二回もドタキャンされたけど」

美由紀もすかさず言い返した。

「はいはい。あいかわらずなかよしやね」

千葉がからかった。

「隣の区の民間保育所へ行ってるんです。延長保育が七時半いうことなんで」

それは二人にとっては、絶対必要なことだった。

4

小宮山や千葉との楽しい語らいが終わった翌日は、早速二人とも忙しい一週間がスタートした。

真之は、いつもより少し早く出勤して、小林の教室に行ってみた。小林は、国語の指導書を読んでいた。

「明日からいよいよ家庭訪問やけど、何か心配はない」

「あ、特にはないです」

「松岡先生から、何か指導受けてる」

「約束の時間に遅れないようにと言われました。それと、プリントには『お茶菓子はご遠慮致します』と書いてあるから、手を出したらあかんでと」

「なるほど」

相変わらずの注意だと思った。もっと大事なことがあるだろうに、そんなことしか言わないのか。

「それはそうやけど、あんまりかたくなに断る必要はないよ。親切ですすめてくれるんやから」

「そうなんですか」

「ぼくが教えられたことやけどな。行ったら、まず何か子どものいいところを一つ言ってあげることや」

「はい」

これは千葉から教わったことだった。ちょっとした一言で、親との関係がぐっと近づく。

「またお互いに様子を話し合おう。ほな、がんばって」

自分にもそう言い聞かせて、真之は教室を出た。子どもが登校してくる時間だ。真之は急いで校門に立った。今週は看護当番でもある。

「おはようございます」

笑顔で声をかけると、たいていの子はあいさつを返すが、黙って通り過ぎる子もいる。グループでしゃべりながら通る子どもたちもいる。帽子や名札をチェックし、注意する教員がほとんどだが、真之はあまり言いたくなかった。朝の出会いは、あまり管理的なことを言うよりも明るく迎えてやりたい。

雲が多くなり、少し生暖かい風が吹いてきた。今日はあいにくの雨かもしれない。

「おはようございます」

急ぎ足で、同学年の笠井博美が駆け込んできた。笠井は、二人の子どもを保育所に送ってての忙しい出勤だ。今朝も髪が乱れているのがわかる。

五時半になると、会議中でも「すみません」と言って退勤する。子育ての先輩だから、一度ゆっくり経験や苦労を聞いてみたいと思っているのだが、なかなかそんな機会もなく、仕事に追われる日が過ぎていた。

翌日、火曜日から金曜日までの家庭訪問が始まった。

午後は五時間目で終わり、二時半ごろから五時半ごろまでが家庭訪問の時間に設定されている。三十七軒を訪問する真之は、一軒にかける時間を十五分から二十分のペースで廻らなければならない。だが、むろん機械的にはいかない。話が長引くことも当然ある。真之は、一軒ごとに十分な余裕を持って廻れるよう日程を組んでいた。

一日目の訪問は予定通りに進んだ。学校や担任に望んでいることを聞くと、ほとんどが学力をしっかりつけてほしいということだった。

「中学へ行ったら、テストテストで評価されるんやから、今からがんばる癖をつけてやってほしい」

「毎日、家へ帰ると、カバン放り出して遊びに行ってるけど、もう、学習塾行かさなあかんと思ってます」

「先生、宿題とかやって来んかったら厳しく叱ってください。残してやらせてください」

去年、三年生の担任だった時は、友だちと仲よくしてほしいとか、元気に楽しく学校に行ってほしいということを話す親が多かったのだが、やはり高学年となると違ってくるようだった。それとも社会の空気が変わってきたのだろうか。文科省も、維新市政も、競争主義をあおると組合で批判してきたことが実感された。

その一方で、家の中は散らかり放題、仕事で子どものことなど考える余裕もないような家庭もあったし、親子で少年野球に没頭しているという家庭もあった。

三十七人の子どもたちそれぞれにくらしがあり、親の思いがあるのだ。そんなことを思いながら、最後の六時に予定していた石浜直樹の家を訪ねた。三階建の小さなマンションの二階奥の部屋だった。インターホンを押すと、ドアが開いて直樹が顔をのぞかせた。

「こんにちは。家庭訪問に来たんやけど」

「お母さん、まだ帰ってないい」

「そうか。お仕事長引いてるんかな」

直樹の家は母子家庭だ。母親は障害者施設の介護士を務めている。帰りが遅くなることがしばしばあるとのことだが、がんばって二人の子を育てている。妹は二年生だ。

「待たしてもらっていいかな」

「うん。上がって」

靴箱の上にはピンクのチューリップと黄色の水仙を組み合わせた活花が飾られている。

真之が、部屋に入ると、テレビを見ていた妹が、こちらを向いて「こんにちは」とあいさつしてくれた。

「こんにちは。おりこうさんやね」

真之は笑顔で応え、妹に話しかけた。

「何見てるの」

「おじゃる丸」

「そう。見てるのじゃましたらあかんな」

そのうち帰って来るだろうと思っていた母親は、なかなか帰ってこない。六時十五分になった時、直樹の勉強机に置いてあった携帯が鳴った。

「先生来てるで。うん。わかった。先生代わって」

真之が電話に出ると、母親の声が飛び込んできた。

「先生。すみません。直樹の母親の百合子でございます。帰りが遅くなりまして、申し訳ありません。日を改めて、私の方から学校へ伺います」

真之はとっさに答えた。

「よろしかったらお待ちします。今日はこれで最後ですから」

「それが、あと二時間ぐらいかかりそうで」

「そうですか。お疲れ様ですね。あの、立ち入ったことを言いますが、子どもたちの晩御飯は」

「はい。七時になっても帰らん時は、冷蔵庫にあるものを電子レンジでチンして、食べるようにと」

「そうですか。大変ですね」

真之は、どう言っていいかわからなかった。献立はともかく、子どもたちだけで済ます夕食は、さぞわびしいだろう。ふと一緒に夕食を作ってやりたい気持ちに駆られたが、そこまでは立ち入り過ぎだ。

真之は手紙を書き置いて、家を出た。

「お仕事大変なのですね。でも、子どもたちは、とてもしっかりしていて、お母さんのご苦労もよく理解していると思います。都合のいい日と時間を連絡帳にでも書いてください。遅くてもかまいませんので。高橋」

真之は、自転車を走らせながら、考えを巡らせた。母親の帰りがあんなに遅くても、家の中はきちんとしている。きっとしっかりした母親なのだろう。

ふと真之は思った。何年か経って、真裕美が小学生になり、二番目の子どもが生まれて、美由紀も自分も忙しく働いたり活動したりしていたら、家の中はどうなるだろう。さっきの子どもたちの姿が浮かんでくる。

「家も似たようなことになるかな」

日暮れた街には夕餉《ゆうげ》の香りが漂っていた。

5

翌日は、水曜日でお迎え当番だ。家庭訪問は五時に終わるように組んでいる。今日は無理しないで帰ろうと思いながら出勤すると、教頭が声をかけてきた。

「高橋先生。笠井先生から電話でな、子どもさん熱出して保育所行かれへんから休ましてくれて。午前中は教務主任と専科に入ってもらうけど、五時間目だけはよろしく頼むわ」

「そうですか。家庭訪問はキャンセルですか」

「いや、旦那《だんな》さんに帰ってきてもらうから、二時には出勤する言うてる」

「わかりました」

五時間目は、作文でも書かせることにしよう。早く書けたら読書タイムだ。そんなことを考えながら、真之は教室に向かった。

その日の家庭訪問は、沖優香の家から始まった。優香の父は司法書士で、優香は一人っ子だ。

家は校区のはずれにある公園の傍にある。それほど大きくはないが、洋館づくりのきれいな家だ。家の周りには桜草の鉢植えが並び、ハナミズキが咲いている。

母親が出迎えてくれて、応接室に通された。ルノワールの絵が飾られたシックな部屋だ。

「優香は英語塾に行っておりますので」

そう言いながら、母親が紅茶を勧めてくれた。

「あの子はがんばり屋で、毎日塾に行っております」

「どこか私学をめざしておられるのですか」

「はい。正風をめざしています」

正風は、大阪きっての名門中だ。

優香は、授業で自分からはあまり発言しないが、指名した時には的確に答える。文章もしっかりしている。友達とも普通に接していて、全く問題のない子に見える。ただ、がんばりすぎてストレスを溜めていないかが心配だ。以前受け持った子にも、私学を目指してがんばっている子がいたが、親の期待とのギャップの中で苦しみ、反発して部屋に引きこもったりした。

優香もあまり無理をしてほしくない。

ちょっと黙って考えていた真之の気持ちを読み取ったかのように、母親が言った。

「先生。進学は親の願望を押し付けたりはしておりません。あの子の意思を常に尊重していますので」

真之は、軽く頭を下げた。しばらく見守って行こうという気持ちだった。

翌日、笠井は定時に出勤してきた。

「すみませんでした。今日は義母が来てくれたので」

「それはよかった。頼れるおばあちゃんがいて」

ちょっと笠井は口ごもった。

「無理してもらったんです。あまり丈夫な人ではないから」

「そうなんや」

真之は節子ママのことを思った。頼れる人が近くにいるのはありがたいことだ。

「今日はがんばって訪問します」

笠井は、そう言って、スマホをチェックし始めた。

その日の訪問は、早いテンポで進み、最後の高比《たかひ》良《ら》剛の家に来た。家の前には、沖縄の写真で見た一対のシーサーが置かれている。沖縄出身者の家に違いない。

　真之が家に入ると、剛と、母と祖父の三人がそろって出迎えてくれた。室内には、仏壇があり、何代かの家族の写真が飾られていた。

「沖縄のご出身なんですね」

「はい。父が大阪の大学に来て、就職して結婚してずっとここで暮らしています」

「そうですか。大阪には沖縄の方も多いですね」

「はい。先生は大阪の方ですか」

「いえ、ぼくは三重県です」

　それから剛の話が一通り済むと、真之はふと、祖父と話してみたくなった。

「あの、沖縄で戦争を体験されたんですか」

「いや、体験と言っても、私はまだ三つ子だったから」

　祖父は、そう言いながら、膝をかばうようにゆっくりと立ち上がり、本棚から一冊の本を取り出した。

「沖縄戦と戦後の体験文集ですが、私の兄の書いた文章も載っています。よかったら、お持ち帰りください」

「拝見します」

　真之が軽く目を通していると、祖父は思わぬことを問いかけてきた。

「先生。あなたは、沖縄に基地が集中している今の状況を、どう思われますか」

「お父さん、そんなこといきなり先生に」

　あわてて母親が止めてくれたが、祖父は続けた。

「私は、すべての日本人に考えてもらいたいんです。先生のように、教育に携わる方には特に」

　祖父はじっと真之を見た。その顔は真剣だった。

　家庭訪問が終わった夜、真裕美を寝かしつけ、真之と美由紀は、ビールと酎ハイを傾けながら語り合った。

　明日は土曜日なので、朝はゆっくりできる。

「お疲れさん。気になるお家《うち》とかあった」

「うん、まあ、いくつかあったな」

真之は、家庭訪問の様子を振り返った。親がなかなか帰って来られない家庭、受験で一生懸命な家庭。明らかに貧困な家庭もある。

「なあ、沖縄の基地についてどう思う」

「辺野古《へのこ》の事？　県民が反対してるのに、ごり押しは許されへんと思うけど」

「もちろんそうや。けど、政府は普天間基地をなくすために、辺野古に移転するというてるやろ」

「うん。そういう口実やね」

「高比良剛のお祖父《じい》さんに言われたんや。基地が必要なら、なんで沖縄だけに押しつけずに、日本全体で負担しないんやと」

「わかる」

「民主党の鳩山政権の時、最低でも県外と言っておきながら、結局実現できなかった。沖縄にいつまで押しつけるんやと言われてさ。なんか、おれにも責任があるなという気がしてきたんや」

「真之さんらしいね。真面目で誠実な人柄がにじみ出てるやん」

「おちょくらんでええ」

真之は思った。日本共産党が、綱領で安保条約の廃棄を掲げていることは知っている。それが実現すれば、確かに基地は撤去できるだろう。しかし、そこまで賛同している国民はまだまだ少ない。ほとんどの政党が日米同盟は大事だと言っている。そんな中で、辺野古に基地をつくらせず、普天間《ふてんま》基地も撤去するなどということができるのだろうか。

「そのお祖父さんも、安保廃棄て言いはったん」

「そこまでは言わんかった。ともかく、基地はみんなで負担してほしいという考えやと思う」

「そうなんや。沖縄の人は」

自分はまだまだいろんなことがわかっていない。剛の担任としてもっと学習する必要がある。美由紀の方が「しんぶん赤旗」などもよく読んでいるようだ。

その晩、真之は、もらった戦争文集を読んでみた。

沖縄戦はひどい。しかも、今なお基地に苦しんでいる。どうすればいいのかと考え続ける夜となった。

6

翌週は連休直前だ。子どもたちも家族と過ごすことなどを楽しみにしている。真之も、組合活動等で忙しいが、せめて一日は家族で遊びに行こうと思っていた。

その日の給食が終わり、清掃が始まった時、真之が小林の教室を何気なく覗《のぞ》いて、はっとした。子どもたちが掃除をしている中で、一人だけ給食を食べている女子がいる。小林はいない。

「どうしたの。まだ給食終わらないの」

その子は黙ってうなずいた。

「食べたいのか、もう残したいのかどっち」

「全部食べなさいと言われてるから」

小林はそんな指導をしているのか。無茶だ。

「もう残しなさい。掃除している中で食べたりしたら体に悪い」

真之は、給食を片づけさせた。

「先生が持って行ってやるから、君は掃除をしなさい」

真之が、食器を持って、教室を出ると、ちょうど戻ってきた小林と出くわした。

「先生、それ、西岡の給食ですか」

「うん。先生、給食は無理に食べさせたらあかんよ。体調もあるし、もしかしたら食物アレルギーもあるし」

「はい。けど、残させたらあかんと指導されてるので」

「松岡先生に」

小林はうなずいた。小林のクラスは、残食が多いと給食室から言われているとのことで、時間がかかってもしっかり食べさせるようにと指導されていたのだ。

「それもわかるけど、無理押しはいかんよ。どうしたら残食が減るか、いっしょに考えていこ」

真之は、子どもが近づいてきたので、話を止めた。

「すみません。ぼくが持って行きます」

小林は食器を受け取り、給食室へ降りて行った。

やはり、指導教官のやり方はおかしい。管理主義的に厳しい指導で押し通そうとしても、結果は必ず破綻する。それは真之が身をもって体験していることだった。

真之はもう一度小林のクラスを覗いてみた。掃除をしている子もいるが、明らかに遊んでいる子もいる。

雑巾でキャッチボールをしている子もいる。

「掃除がんばってるかあ」

真之の姿を見て、キャッチボールをしていた子は、さっとやめた。意外にも、この子らにとって真之はけっこう怖い存在らしかった。

小林の教室を出て、自分のクラスが担当しているトイレ掃除を見に行くと、男子トイレで並んで用を足していた子どもたちの言葉が耳に入った。

「先生うそつきや」

「ほんまや、小林うそばっかしや」

小林のクラスの子だ。かなり怒った口調で話している。

「小林先生がどんなうそついたんや」

用を終えた二人に真之が話しかけると、あわてて二人は「別に」「なんもありません」と言って出て行った。

どうやら、小林のクラスは、担任との関係が悪くなっているようだ。家庭訪問の様子も含めて、少し話を聞いてみよう。

放課後の、校務分掌ごとの部会が終わった後、真之は小林の教室を訪れた。ちょうど、指導教官との話も終わった後だった。

「どうだった。家庭訪問は」

「何とか終わりました」

「気になる家庭とかあった？　苦情言われたとか」

「特にきついことは言われませんでした。けど、もっと厳しくしてほしいとか、宿題が少ないとか色々」

「それはぼくもいっしょや。まあ、無事に済んでよかったね。お疲れさん」

「ありがとうございます」

「ところで、今日トイレでな」

真之が、うそつきと言っていた子どものことを話すと、小林はうなずいた。

「体育の事やと思います。男子の一部がサッカーやバスケやりたいて言うんで、つい余計なことを言ってしもて」

　この時期、体育の授業は、五十メートル走や、マット運動、鉄棒などが中心だ。ボール運動はまだやっていない。

「あんまりしつこく言うんで、今日授業をまじめにやったら、次の体育でやると言ってしもたんです。けど、指導計画に書いたら、そんなことはだめだと言われました。それで、今日の体育の時、やっぱりできないというたら、いっせいにうそつきやと言われました」

　そうだったのか。いったん口にしたことを変えると、子どもたちは不信を持つ。真之も経験済みだ。しかし、何とか子どもたちの喜ぶようなことをしたいという、小林の気持ちはよくわかった。

　真之はしばらく考えていた。小宮山だったらこういう時どう言ってくれただろう。

「どうや。明日、うちのクラスと一緒に体育やらへんか。バスケでもサッカーでもやったらええ」

「ほんまですか」

「学年として決めるんや。松岡先生には、ぼくに誘われたからやりますて言うたらええ」

「ありがとうございます」

「けどな。学級対抗はやめよ。試合もまだ早い。むきになり過ぎん方がええ」

　真之は、二クラスを一つにして、シュート練習やドリブル競争などをやろうと提案した。小林はいちいちうなずきながら聞いていた。

　翌日、小林学級との体育の授業が、楽しく終わった日の放課後、真之は教頭に声をかけられた。

「高橋先生。松岡さんから、苦情が出てるんや」

　ほら来たと思った。松岡がそろそろ何か言う頃だろうとは思っていたが、教頭にチクッたのが意外だった。

「どういうことでしょうか」

「学年が、新任指導に協力的でないと言うんや」

「はあ？」

「指導したことを次々ひっくり返されるんで困ると

いうてはるんやけどな。何か心当たりあるか」

「ありません」

真之はさらっと言い切った。

「何かあるんやったら、直接ぼくに言ってくれたらよろしいやん。何も忙しい教頭先生をわずらわさんでも」

教頭は、ちょっと苦笑を浮かべた。

「そら、君に対する配慮やろ」

何が配慮なものか。教頭を通じて言えば、こちらがビビるとでも思っているのか。

「ぼくは、松岡先生の指導は尊重しています。言われていることは一つ一つ大切なことやと思います。けど、小林先生が、それをあまりにも忠実にやろうとすると、いろいろ無理が出てきます。だから、現実を見て、無理せんようにやってほしいと言ってるだけです」

「なるほどな」

教頭はまたにやりとした。一応言うだけのことは言っておいたぞ、という気持ちが読みとれた。

「笠井先生ともよく話し合っておく必要があるな」


いっしょに小林を支えて行こうと話すつもりだったが、その日も笠井は時間休を取って退勤していった。

第二章　「都構想」住民投票

1

　その日、真之は定時に職場を出て、難波《なんば》の府立体育会館へと向かった。三週間を切った住民投票での勝利をめざす「明るい民主大阪府政を作る会」と「大阪市をよくする会」の総決起集会が開かれるのだ。全市教執行部も、参加者を広げるために力を入れている。今日も遠藤から参加よろしくとメールが入っていた。

　正直なところ、真之の足は重かった。いっせい地方選挙、新学期のスタートと仕事の山、家庭訪問。かなり疲れがたまっている。美由紀も同じようなものだろう。早く帰って、真裕美と添い寝でもしたかった。

　地下鉄なんば駅を上がって地上へ出ると、会場へ向かう人の流れができている。さすがに多い。真之は疲れを忘れて、次第に気持ちが高揚してきた。

　会場一階席はすでにいっぱいだ。真之は階段を上がり、二階席の後ろから舞台を見下ろした。バックには大きなスクリーンが設置されている。

　大きな拍手に迎えられて、最初にあいさつに立ったのは自民党参議院議員、柳田卓治氏だ。ポスターなどでよく見かける。

「私が、共産党などを中心とする集会に出席させていただいたのは、四十年以上の私の政治の歴史の中で初めてです」

　笑いと拍手が起こる。こっちも見るのは初めてだ。

「大阪市をなくし五つの特別区に分割して、市民サービスが向上できるはずがありません。見せかけのでたらめな『都構想』に対してオール市民で一緒にがんばりましょう」

　力強い発言に共感の拍手が送られた。真之も強く拍手する。オール市民。そうなのだ。日頃は全く違う立場の自民党議員と共産党議員が一緒に訴える集会なのだ。

　真之は、四年前の大阪市長選挙で平杉市長候補を応援したことを思い出した。美由紀もいきいきと活躍していた。あの時も、オール市民だったはずだ。だが、勝利はできずに橋下市長が圧勝した。果たして今度は橋下を打ち破れるのだろうか。

　続いて舞台には、一昨年、維新候補を打ち破った、堺の竹村市長が登場した。そうだ。堺では見事勝ったのだ。自分もがんばった選挙だった。今度は大阪市で勝つのだ。

　何人かのスピーチの後、メインの弁士ともいうべき、共産党の山上書記局長が勢いよく登壇してきた。

　山上氏のスピーチは歯切れがいい。「都構想」の無謀さ、愚かしさをてきぱきと切って行く。わかりやすい。

「大阪市を壊すのではなく、オール大阪、庶民の力でより良い大阪に変える。一人の指揮官による強権政治ではなく、立場を越えて話し合い、一致点で共同する――ここにこそ大阪の希望があり未来があります」

　山上氏の発言は明るく爽《さわ》やかに響く。

「住民投票に共同の力で勝利し、みんなの力で新しい大阪を作りましょう」

　大きな共感と確信が会場を包み、一体となって拍手が続いた。まさに共同のたたかいが始まったのだ。

　集会が終わり、会場を出ると全市教の野瀬書記長たち本部役員が幟を立てて待っていた。真之たちが集まり、二十人近い輪ができた。

「全市教のみなさん。ご苦労様です。明日からゴールデンウィーク、メーデー、憲法記念日が待っていますが、いよいよ住民投票の闘いが待ったなしとなりました。なんとしても勝利し、大阪市を守り抜こうではありませんか。その力で、大阪の教育を変えて行こうではありませんか」

「そうだ」「がんばろう」の声が飛んだ。

「がんばろう」を三唱し、一同は動き出した。

　おそらく、何人かで飲みに行くのだろうが、それに付き合うのはもうしんどい。今日はラーメンでも食べて帰ろう。

　だが、駅近くのラーメン屋はどこも満員で、人が並んでいた。並んでまで入る気はしない。家に帰って何か食べようと決めて足を速めた真之は、地下鉄の階段口で「高橋先生」と声をかけられて驚いた。なんと石浜直樹と妹を連れた母親の百合子さんが立っていた。

「おう、直樹君」

「こんばんは」

　三人はそれぞれあいさつしてくれた。

「こんばんは。今日はもしかして」

「はーい。先生も集会行ってはったんですか」

「はい。石浜さんも」

　百合子はにこにこしながらうなずいた。

「今日は早く帰れたので、三人でお食事して、これから集会行ってもええかて聞いたら、ええよと言ってくれましたので。明日はお休みやから連れてきました」

　そうだったのか。このお母さんもそういう立場の人なのか。よかった。真之の心はぱっと明るくなった。

「先生。こないだはほんとにすみませんでした。ご迷惑をかけました」

　百合子はていねいに頭を下げた。

「いえ、そんな」

「私、先生が、子どもの御飯まで気遣ってくれはって、ほんとにやさしい先生だと思いました。先生に受け持っていただいてよかったです」

　百合子は、こちらを向いて手を振っている女性に気づき、「失礼します」と言って、子どもたちと一緒に離れて行った。見送る真之の心は弾んでいた。


　翌日は、連休最初の祭日だ。午後二時から、真之の家で今年度最初の職場教研を開くことになっている。

　二年前に、真之と同時に転任してきた先輩教師の川岸ゆかり、若手の音楽専科江藤博美、教師二年目の植村光彦の四人で始めたこの集まりは、二か月に一回ほど、テーマを決めて学習することになっている。

場所はそれぞれの家を借り、時には一緒に食事を作って食べたりしながら、楽しく語り合ってきた。その時々で職場の問題や組合の課題なども話し合い、職場をよくするためにがんばっている。

現在は、さらに子育て真っ最中の森下奈津美が加わり、組合の垣根を越えて五人が集まっているが、真之は、同学年の二人にも声をかけた。しかし、今のところは、まだ参加に至っていない。

美由紀は、みんなのために、朝からパウンドケーキを焼いてくれた。午後は、学童の仲間と住民投票の宣伝行動に出かけるという。相変わらず行動的だ。

「真裕美ちゃんよろしくね」

美由紀は、昼食の後片づけを済ませると、真裕美を真之に預け、出かけて行った。一人で真裕美と過ごすのは久しぶりだ。生後十一か月で一人歩きするようになった真裕美は、一歳二か月の今では、かなり家の中を歩き回る。保育所でも元気で、よく食べるらしい。ただ、言葉はやや遅いようだ。美由紀もせっせと話しかけ、よく歌も歌ってやっている。真之もいろいろ話しかけるのだが、ママのようにはいかない。

真之は、絵本を読み聞かせることにした。実家の母がプレゼントしてくれた、松谷みよ子の『おふろでちゃぷちゃぷ』を取り出して読んでやる。膝に乗って真裕美もご機嫌だ。真之もうれしくなる。

2

インターホンが鳴った。誰か来たらしい。

「こんにちは。ちょっと早かった？」

最初に来たのは川岸だった。

「いやあー、かわいい」

相好を崩して、真裕美のほっぺたをチョンとつついた川岸は、お土産の豚まんを差し出した。独特の香りが漂っている。

「はい、ある時ー」

「ははははー」

「ない時ー」

「はぁ……」

コマーシャルの通り真之も応じた。子どもたちもよく知っている有名な大阪名物だ。

「抱っこさせてえ」

川岸は、荷物を置いて、真之から真裕美を取り上げた。真裕美は泣きもせずに抱かれている。

「私もこんな子が欲しい」

「まず結婚でしょう」

言ってから、真之はしまったと思った。川岸は、結婚を約束した同僚に裏切られた辛い過去がある。幸い川岸は、真裕美をあやすのに没頭していた。


江藤、植村、森下も揃い、会が始まった。子育ての先輩、森下が、真裕美の相手をしてくれ、上手にお昼寝させてくれた。

「新年度から今日までのことを、自由に出し合いましょう。感じていることや、これからやりたいことなど」

川岸がそう切り出し、順次みんながしゃべった。
五、六年の音楽を担当し、六年生付きの江藤。川岸と共に、四年生の担任となった植村。二年生担任の森下。それぞれがクラスに多様な子どもたちを抱えている。
川岸のクラスには、アスペルガー症候群と診断されている男子がいて、既に何度も保護者と話し合っているそうだ。

「色々なアスペルガーの資料を持ってきて、先生方もぜひ読んで勉強してくださいと言われるんよ」

川岸は、いささか重荷だが、勉強していると話してくれた。植村は、新任の時に学級崩壊を経験したが、今では順調に担任をこなしているようだ。森下は、子育て体験を笠井と話しあったことを聞かせてくれた。

「笠井先生、親の介護もやってはるそうやで」

それは初めて聞く話だった。

川岸が話題を変えた。

「私のクラスの子の姉ちゃんが六年生なんやけどね。家庭訪問に入って話し込んだ時、姉ちゃんが、まだ国語の教科書、ほとんど勉強してないって言うんよ」

「どういうことですか」

「学力テストに備えて、過去問やってる言うんよ。

ついにそこまで来たかと思ったわ」

　青年部の会議で、六年生が、四月は学力テストに備えて、過去の問題の練習ばかりやっている、まともな授業をしてないと告発していたが、うちの学校でもそんなことになっているのか。

「それって、もしかして校長の意向ですか」

　真之の問いに、みんなは顔を見合わせた。

「主任の大宮先生の意見が強いと思います。六年生としてがんばらなあかんといつも力説しはります」

　六年付きでもある江藤の言葉は続いた。

「音楽の時間も回してほしいけど無理かなと言われて、お断りしました」

　いつも穏やかそうな大宮が、そこまで言うとは驚きだった。それも管理職の要求なのだろうか。

「子どもたちも、音楽室の掃除しに来ると、時々文句言うてます。毎日テストでうんざりやて」

　学力テストが、その本来の目的である、子どもたちがどこでつまずいているかをつかむという目的から離れて、各県や学校間の競争をあおっているということは、かねがね組合でも言われてきた。

「一度、職員会議で聞いてみましょう。その前に六年生にもそれとなく聞いてみるわ」

　川岸が、この話に一区切りつけたところで、真之は、新任の小林のことを話した。子どもたちとあまりうまくいっていないこと、松岡の指導を受けて、逆効果になっているのではないかということだ。

「ぼくは、松岡先生の指導はまちがっていると思う。極端な管理主義や」

　植村がうなずいた。

「ぼくの新任の時もいっしょです。厳しくしなあかんと思って、毎日注意しているうちに、子どもがだんだん反抗的になって行きました」

　江藤も続けた。

「確かに叱《しか》ってばっかしやと、子どもはついてきませんね。褒《ほ》めることも大事やと思います」

　真之も思わず言った。

「松岡先生に、一度きっぱり言いたいです。新任を困らせないでほしいと」

「わかるけど」

　川岸が、軽く手を上げた。

「ちょっとまーくんらしくない。熱くなりすぎてるよ」

「え」

「まーくんは、いつも人のことを悪く言わない。自分の意見を押しつけない。それがまーくんなのに、松岡先生に反発しすぎてるんと違う」

そうだろうか。反発しすぎだろうか。しかし、松岡の言うとおりにしていたら、絶対おかしくなる。

「初めから、相手を間違っていると決めつけたら、話し合いなんか成立せえへんよ。相手もまーくんを絶対否定する。だから、認めるところは認めて上げな。現にあなたも教頭さんにそういう言い方したんでしょ」

「そうですね」

真之もうなずいた。確かに自分は松岡に反発しすぎていたのかもしれない。やはり川岸はすごい。千葉や小宮山に指導されたような気持ちになった。

真之が考え込んでいると、森下が声をかけた。

「ここらで休憩して、おやつタイムにしませんか」

「賛成」

みんなが一斉に声を上げた。

川岸の持ってきた豚まんを開け、美由紀の用意したパウンドケーキも配った。江藤と森下もクッキーを持参している。植村は「ごめんなさい。手ぶらです」とつぶやいた。もちろん誰も気にしていない。

「コーヒーがええ人。紅茶がええ人。ただのお茶もあります」

真之はコーヒーメーカーにスイッチを入れた。コーヒーの芳醇な香りが漂う。

おやつを食べながら、川岸がさりげなく言い出した。

「なあ、いよいよ住民投票やね」

「住民投票って、何を決めるの」

森下は何も知らない様子だ。実際に投票する大阪市民は、真之と植村だけだから、関心がないのかもしれないが、この問題は決して大阪市民だけの問題ではない。大阪府はもちろん、国政にもかかわる問題なのだ。

「大阪『都構想』の是非を問う住民投票です。『都構想』賛成が多数になれば、大阪市はなくなります」

真之が静かな口調で言うと、森下は驚きの声を上げた。

3

「ウソ、何それ」

「私は知ってました。八尾市は松井知事の地元ですから、よく宣伝しています」

八尾市に住んで、オスプレイが来るかもしれないと気を揉《も》んでいた江藤は、そう言って話を続けた。

「大阪市をなくして、大阪都にする。つまり東京都と同じようにするわけです。今の各区には区議会ができて、市や町と同じ自治体になるわけです」

「でもそれは、八尾市や堺市よりずっと権限の弱い自治体になるわけよ。特別区」

川岸が話を引き取った。

「堺市の市長選挙があったでしょう。堺も『都構想』に入るかどうかということを争う選挙だったわけ。堺市は政令市だから、予算も権限も大きいでしょ。それが何が悲しくて権限の弱い大阪都特別区にならなあかんのやというて、堺市民が怒って、選挙は維新に勝ったわけです。まーくんもがんばってはったわね」

話が住民投票で盛り上がっている最中、美由紀が帰ってきた。みんなへのあいさつもそこそこに、美由紀は早速しゃべりだした。

「私、今日、学童近くの市営住宅で、街角懇談会があったので、そこへ行ってたんです。住宅に住んではる人たちは、『都構想』が実現したら、家賃がどうなるか心配してはるんです。二時開会やったんやけど、続々集まってきて、用意されてた椅子が足らんぐらいで」

美由紀はますます絶好調だ。

「共産党の大原市議が、めっちゃわかりやすく説明されました。大阪市が解体されて特別区になったら、税収は四分の一になるから、家賃減免制度は絶対なくなるいう話なんです」

この調子で、その日の職場教研は、「都構想」住民投票の学習会と化して終わった。美由紀もいっぱいしゃべれて満足げだった。

こういう政治的に重要な時期になると、美由紀はいつも生き生きしてくる。真之はそんな美由紀がうらやましいと思う。もっと美由紀の時間を保障してやりたいとも思う。だが、自分も、組合青年部の役員としてやるべきことがある。一方、父親としての責任もある。

「子育てに責任を持たんと、その内怒られるなあ」

真之は、真裕美の寝顔を見ながらつぶやいた。

「よう寝てるね」

入浴を終えた美由紀が、真裕美を覗き込んだ。

「コーヒーでも飲むか」

真之はコーヒーをセットした。コーヒーに関してはほとんど真之が淹《い》れることになっている。

「今日はごめんね」

「何が」

「私、横から入ってしゃべり過ぎたかも」

美由紀はコーヒーを飲みながらそんなことを言い出した。

「別にそんなことないよ」

「ほんまに」

美由紀はバカにしおらしい。だが、美由紀はこれまでも、もてなしにがんばってくれたし、話し合いにも参加している。みんなも違和感はないだろう。

真之がそう言うと、美由紀も笑顔を見せた。

「なあ、メーデーは行くの」

「無理やなあ。休まれへん」

かつてのメーデーは職免となり、職場からそれぞれの組合動員があった。終了後昼食会などもやっていたのだが、今ではそうもいかない。本部役員や、退職教員が組合旗を持って参加している程度になっている。

「私、合唱団として参加するから、真之さんの分もがんばって叫んでくるわ」

「そうか。うらやましいな」

「ええやろ。それで、連休どうする」

「一日くらいは絶対遊びに行こ。どこ行く」

「動物園はどう。お弁当作るわ」

動物園は近場で行きやすい。真裕美もきっと喜ぶだろう。二人は、それからあれこれと語り合った。

五連休は、あわただしく過ぎた。五月三日は三人で動物園に行き、その後、美由紀の実家を訪ねて過ごしたが、四、五、六日は交代で真裕美を見ながら、住民投票の闘いに参加した。真之は全市教の書記局へ、美由紀は学童保育連絡会事務所へ出かけての活動だった。

「三重のお家《うち》にも行きたいね」

美由紀が気づかってそう言ってくれたが、真之の実家まで行くゆとりはなかった。両親も、自分たちの忙しさをわかってくれているだろう。夏休みにでもゆっくり会いに行けばいい。

「一度手紙でも書いとくわ。真裕美の写真も入れて」

「私も書く」

美由紀もすぐに応じた。

ゴールデンウィーク中、「大阪市をよくする会」では、各地域連絡会や、民主団体ごとに連日、宣伝や訪問に取り組んでいたが、維新の会の動きも激しさを増してきた。五億円と言われる政党助成金をことごとく注ぎ込んだと言われる資金力で、連日のテレビコマーシャルを展開し、新聞折り込みビラを連打した。彼らも組織の存亡をかけているのだ。

「住民投票は今回限りです。なんとしても勝たせてください」と橋下市長は言い続けている。

驚いたことに、美由紀の勤務する学童保育の事務所に、橋下市長の声で電話がかかってきたという。市内全域に、無差別にかけているのだ。

宣伝カーもいたるところで走り回っている。全国から三百台の宣伝カーを集めているらしい。真之も何度となく出くわした。

「騙《だま》されないで下さい。住民サービスは低下しません」

宣伝カーからはこんな声が盛んに聞こえてくる。

「反対する勢力は既得権にしがみついている人たちだ」という主張も響いてくる。うそとペテンに満ちた主張だとわかっているのだが、大量宣伝されれば、それなりに市民の中に入って行くだろう。「『都構想』が実現すれば、東京以上に繁栄する」と信じこんでいる人と電話で対話した時に、どう言えばわかってもらえるだろう。

ガチャンと切られる前に、何かしらこちらの思いを伝えたい。入浴時になると真之はいつも考えていた。

（千葉先生の電話かけはすごいなあ）

小宮山は演説がうまい。紋切り型の演説ではなく、相手の心に届かせようとする話し方だ。かたや千葉は電話かけが上手だ。親しみやすい口調で、次々と楽しそうに電話かけする姿を、組合事務所で見たことがある。やはりそれは、千葉の持つ「教師力」なのかもしれない。相手を信頼し、教えてやるのではなく、相手の話を聞こうとする姿勢が根本にあるのだ。

橋下市長も雄弁家だが、その手法は、いつも敵を作り、攻撃することで人をつかもうとする。おまけにウソをつくのは慣れっことという人物だ。「二万％知事選には出ません」と言っておきながら、平気で知事になり、任期途中で平気で投げ捨てて市長になった。それなのになぜか人気がある。今の政治を変えてくれる改革者だとか、何かやってくれるとかいう幻想があるのだ。

教育現場で、いやと言うほどそのひどさを知っている真之は、今度こそそれが破綻すると信じたかった。

4

ゴールデンウィークが終わり、新たな日々が始まった。住民投票の闘いは緊迫しているが、しっかり子どもたちと向き合っていかなければならない。

子どもたちが元気な顔を揃えた中で、野球少年の川村信二が欠席した。電話連絡によると連休中の野球練習で負傷したとのことだ。

真之はさっそく放課後、家庭訪問した。インターホンを押すと母親が出てきた。

「先生、わざわざすみません。お忙しいのに」

母親は、玄関先に立ったまま小声で話した。

「怪我してしまって、ものすごく荒れてます。大声で叫んだり、物を投げたりして。ごはんもほとんど食べませんし」

「そうですか。それは辛いですね」

真之が部屋に入ると、信二は、右足にギプスをはめて、ベッドで横たわっていた。

「先生、来てくれはったよ」

信二は向こうを向いたままだ。

「すみません。お茶淹《い》れてきます」

母親が部屋を出た後、真之はしばらく黙っていた。

「たいへんやったな。骨折したんか」

信二は黙ってうなずいた。

「どうして怪我したんや」

「ランナーが突っ込んできたんや。おれ、ホームでブロックしていて、蹴り入れられたんや」

そうか。小学生のうちからそんな厳しいプレイをするのか。

「絶対ブロックしなあかんと思って……けど、監督には、反則やない、おまえが下手やからて言われた。これでもう大会予選に出られへん。もうレギュラーも取られへん」

信二は泣きながら、悔しさをぶちまけた。

真之は、信二の肩をぐっと抱きながら、黙って、その悔しさを受け止めてやろうとした。

胸の中には、納得できない思いが渦巻いた。反則ではなかったとしても、監督の言い方はあまりに冷たい。一つの駒が減ったぐらいにしか思われていないのだろうか。

そもそもスポーツは楽しむためのものではないのか。勝利至上主義で、子どもたちを駆り立て、競争をあおるのはやめてほしい。

「焦らんでええよ。ゆっくり治して次のチャンスに備えたらええんや。君はまだ五年なんや」

入ってきた母親が、じっと様子を見ていた。

それから、真之は少し母と語り合った。

「あの子は野球が大好きなんです。主人も、高校野球やってたので、小さいときから、一緒によく練習してました。朝からいっしょにランニングしたり、夜近くの公園で素振りしたり」

家庭訪問でも聞いた話を母親は繰り返した。

「お父さんは野球で厳しく指導されてるんですか」

「そんなことはないと思います。もともと優しい人ですし、近ごろは仕事が忙しくて、出張が多いですし」

「そうですか」

真之は、野球についての考え方をもう少し聞いてみたかったが、母親には無理かもしれない。遠慮して、引き上げることにした。


次の日は、大田幸雄が登校してこなかった。欠席の連絡はない。家に電話をしても出ない。三時間目の専科教員が指導する音楽の時間に、真之は家庭訪問に向かった。幸雄のことが気になったからだ。大田の家は、家庭訪問の時もずいぶん散らかってい た。母子家庭ではないが、父親は同居していない。

真之が訪ねていくと、幸雄は一人で寝ていた。家の中は相変わらず散らかり、生ごみの匂いが漂っている。

「大丈夫か」

真之は、幸雄の額に触った。少し熱があるようだ。

「お母さんは君が休んだことを知ってるの」

「朝早くから仕事行ったから、知らんと思う」

「いつ帰って来はるかな」

「多分八時過ぎ」

母親はコンビニで働いている。携帯番号を聞き、かけてみたが通じない。このまま放っては置けない。

「いっしょにお医者さんへ行こう」

真之は、校医の内藤医院を訪ねて、診察してもらった。幸いすぐに診てくれ、風邪《かぜ》らしいが体力がだいぶ弱っているとのことだった。

薬をもらっての帰り道、真之ははっと思った。

「幸雄君、朝ご飯食べたか」

「食べてません」

やはり、朝食抜きか。もしかしたら、これまでも朝食抜きで登校していたのではないだろうか。

「そしたら、何か食べる物買って帰ろうか」

もうすぐ三時間目が終わる時間だ。真之は笠井へ電話を入れて、自習の指示を頼んだ。

「お疲れ様ですね」

笠井は真之の話を聞いてねぎらってくれた。

昼休み、やっと幸雄の母と連絡がついたので、今日のことを話し、早く帰ってもらうということで一応は安心したのだが、これからのことを考えると心配だった。時々訪問する必要があるかもしれない。

　放課後、ちょっとした時間がとれたので、笠井の教室を訪れて、そんなことを詳しく話したのだ。

「先生のクラスも、色々大変ですね。うちも気になる子はいてるけど、朝食食べさせてもらえない子はたぶんいないと思います」

　真之は、小林のことも少し話した。彼を見ていると、自分の新任の時のことを思い出す。この学校へ来て最初の年、荒れる学級で苦しんだことも思い出す。

「子どもを甘やかしたらあかんよ」

「もっときちんとさせてよ」

　主任たちからの、そんな言葉に鞭《むち》打たれる思いで、それでも、子どもたちに寄り添い、心を開かせてみせるとがんばった日々のことが思い出される。

　今のクラスは、幸いと言うか落ち着いている。だが、それぞれいろんなくらしを背負っているに違いない。それをしっかり気付いてやれる教師でありたい。それが千葉や小宮山から学んだことだった。

　真之が話すのをうなずいて聞いていた笠井は、ふっとため息をついた。

「私は、高橋先生のようには、なかなかなれません。教師の仕事を続けていくのもしんどくなっているし、でも、そう簡単にやめるわけにもいきませんし」

　笠井が、子育てと教師の両立に疲れていることはよくわかる。だが、夫や家族は支えてくれないのだろうか。親の介護というのは、どの程度の負担なのだろうか。もう少し聞いてみたい気がしたが、笠井は立ち上がった。

「すみません。今日もこれで帰らせてもらいます。子どもがちょっと熱出してるみたいで、保育所から言われてるんで」

「そうですか。早よ帰ってあげてください。お疲れ様」

　笠井は、手早く教卓を片付け、ノート類を抱えると、電気を消して、教室を出た。

「私も、小林先生のことをなるべく気をつけて見て行くようにします。では」

笠井はそう言い残して、急ぎ足で去って行った。

5

二日間出勤すると、また土曜日になった。

住民投票の闘い再開だ。いよいよあと一週間で投票日がやってくる。真之は、朝の九時過ぎから全市教書記局に向かった。今日は退職教職員達とチームを組んで、宣伝に打って出ることになっている。もしかしたら、小宮山と会えるかもしれない。

書記局には、八人が集まった。大教組役員の前畑、全市教執行委員の小森、青年部長の遠藤、青年部の小坂と真之、あとは、退職教職員の長岡、鈴木、亀山だ。残念ながら小宮山は来ていない。

簡単に自己紹介しあった後、前畑があいさつした。

「みなさん。ご苦労さんです。いよいよ画期的な取り組みが実現することになりました。明日の午後、なんば駅頭で共産党、自民党、民主党が共同して同じ宣伝カーで演説会を開催します。追いつめられた維新は、官邸へ助けを求めに行きました。大阪の自民党はあかん、何とか指導してくれというわけです」

その辺は真之も不思議だった。安倍総理と橋下や松井知事はツーカーだと言われているが、なぜか大阪の自民党とは対立している。

「憲法を改悪したい安倍政権は、維新を味方につけたいわけですが、大阪市民の問題を、政治的取引の道具に使うとは情けない限りです。さらにがんばって追い詰めましょう」

前畑の後を受けて、小森が行動を説明した。

「チームを二つに分けて、宣伝行動に行きたいと思います。十二時には終わって、帰ってきてください」

小森は地図と、配布するビラを机の上に並べた。

「いったん車で、谷町四丁目の『よくする会』事務所近くの公園前に行きます。公園の西と東に分かれて、二千枚のビラを地域配布します。同時に、辻つじでスポット宣伝をしてください。スポット原稿は約五分ですが、もちろん自由にしゃべっていただいていいです」

　地図を見ていた遠藤が質問した。

「この辺マンションが多いけど、入れられるんですか」

「難しいところもあります。無理しないでくださ い」

　確かに、大型マンションはセキュリティーが厳しくなっている。真之の校区でも、ほとんどチラシお断りとか、防犯カメラ設置中とか書いてある。

「そしたら余ると思うけど」

「その時は持って帰ってください」

　一同は立ち上がった。


　真之は、前畑のチームに加わった。遠藤、退職教員の長岡の四人だ。長岡は、七十八歳と言ったが、見るからに元気そうだ。地域では「ビラまき隊長」と呼ばれていると前畑が教えてくれた。

「この辺でやりますか」

　公園の一つ西の筋で、前畑がハンドマイクを下ろした。辺りは中くらいのマンションが並んでいる。

　前畑がスポット宣伝をしている間に、三人は三つのマンションにビラを入れ始めた。真之の入ったマンションにも「チラシお断り」の張り紙がある。少し緊張しながら、入り口のポストにビラを入れ、表に出ると、向かい側のビルで長岡が何か言い争っている。どうやら、管理人ともめているらしい。遠藤も出てきて、二人はいっしょに様子を見ていたが、間もなく長岡がぶつぶつ言いながら出てきた。

「妨害されたんですか」

「ああ、話にならん。わしは橋下市長応援しているから、入れるな言うんや」

「チラシはお断りというのではないんですか」

「最初はそう言うた。それでな、床に落ちてた維新のチラシ見せて、現にチラシ入ってるやないかて言うたんや。そしたら、共産党はお断りや。わしは橋下支持や言うから、なんでそんな差別するんや、おかしいやないか言うて、押し問答や。あげくの果てに警察呼ぶぞや」

「ひどいですね。なにそれ」

　遠藤が、口をとがらせた。

「けしからんとは思うけど、ここでもめるとまずいからな。我慢して出てきた」

　三人が話していると、演説を終えた前畑が近づいてきた。

「無理せんでよろしいやん。こっちもスポットで批判しますわ」

「頼むわ」

　一同はビラを配りながら場所を移動した。次のスポットは、駐車場の傍らだ。道路の前には木材を加工している工場がある。工場の方に向かって前畑が訴えるのを、三人が並んで聞いていると、工場から作業着の男が出てきた。

「おい、あんたら、朝からやかましいな」

　前畑が演説を止めて、頭を下げた。

「すみません。もうすぐ終わりますので」

　男は近寄ってきた。またもめるのかと思ったが、意外にも、男はにやりと笑いながら言った。

「なあ、もっとがんばってくれな困るで。負けてるで」

　え、応援してくれているのか。

「この辺な、維新がよう宣伝カー回してるんや。なんたらいう地元の議員もうろうろしてるしな。あんたらも、もっと宣伝してや」

「はい。ありがとうございます」

　真之たちも口々に礼を言った。

　男は、工場の横にある自販機で、コーヒーを四本買って、遠藤に手渡した。

「がんばってや」

　男は足早に工場へ戻って行った。


　十二時まで宣伝し、ビラをほぼまききって書記局に戻ると、カレーの香りが廊下まで漂ってきた。

「ご苦労さん。美味《おい》しいカレー出来てますよ」

　女性部長の神部幸子の甲高《かんだか》い声が聞こえた。

　たちまち書記局の中はいっぱいになった。戻ってきた七人以外にも、青年部のメンバーが三人、それに役員たち、炊き出しメンバーも何人かいる。

　真之たちは早速カレーの提供を受けた。なかなかの味わいだ。ニンジン、ジャガイモ、それにチキンがごろごろしている。やや甘口のカレーだ。

「食べながら、少し交流しましょう」

神部が、立ち上がった。

「青年三人が、すごいがんばって電話かけしてくれました。そちらの柴田博先生は、電話デビューです」

みんなは、いっせいに拍手した。柴田という青年は、真之も初対面だ。初めて電話かけするのは勇気がいる。でも、こうして仲間が広がっているのだ。ここに来てよかったという思いがこみ上げてきた。

「午前中の電話は七十人と対話して、都構想反対が二十三人、賛成が十九人、考えときますが十六人、ガチャンが十二人でした」

神部がメモを読み上げた後、前畑が続けた。

「状況は拮抗しています。勝利できるかどうかはこれからの運動にかかっています。今日と明日は電話作戦でがんばり、来週から投票日まで、日替わりニュースを全駅で『お帰りなさい宣伝』します。全市教は森ノ宮駅前で、府下の応援部隊と一緒に取り組みます」

前畑はみんなに協力を呼びかけた。

6

それからの一週間、お帰りなさい宣伝が始まった。真之は、毎日でも行く意欲はあったのだが、そう簡単に職場を出られない。ほとんどの教員が、八時、九時まで残っている。真之も仕事はいくらでもある。ようやく木曜日に、職場を抜け出し、森ノ宮駅に駆けつけることができた。

改札口から出てくる人にビラを差し出すと、四人に一人くらいが受け取ってくれる。がんばれと声をかけてくれる人もいる。二年前、堺で駅頭宣伝した時よりもよくなっている感じもした。

「ご苦労さん」

後ろから肩をポンと叩かれて振り向くと、小宮山が立っていた。

「まーくん、がんばってるな」

「はい。今日やっと来れました」

宣伝が終わると、二人は当然のように、駅の傍にある居酒屋の暖簾《のれん》をくぐった。真之が美由紀にメールしている姿を見て、小宮山は自分も携帯を取り出した。

「ぼくもメールしとくわ。ちょっとだけ遅くなると」

小宮山がそんなことをするのは初めて見た。退職後、生活スタイルも変わったのかもしれない。

二人は生ビールで乾杯した。例によって小宮山は聞き役になって話を引き出してくれる。ひと区切りついたところで、小宮山が住民投票のことを言い出した。

「ぼくはな、もう少しカジノの問題をアピールすべきだと思うんや」

小宮山の話によると、橋下はカジノ事業者十社から二十五回も表敬訪問を受けている。大阪にカジノを持ってきて、どんどんばくち打ちを集めたらいいと言い放っているのが橋下だ。自民党と組んで、日本では法律違反のカジノを合法化させ、大阪に持ってこようとしているというのだ。

「そのために、莫大な資金がいる。『大阪都』にして、資金を一手に集中させ、カジノ誘致のための整備をやるつもりなんや。市民のくらしなどはほったらかしや」

真之は、ほとんどが初めて聞く話だった。聞けば聞くほど悪辣《あくらつ》な維新政治に、怒りが込み上げてきた。

「あと三日や。がんばろ」

小宮山はぐっとビールを飲み干した。


いよいよ住民投票の日がやってきた。いい天気だ。

朝食の後、美由紀は、あわただしく投票に出かけた。真之は、もう少し後で行くからと言って、真裕美の相手になっていた。テレビでは、「大阪市住民投票始まる」と報道している。勝つか、負けるか。どちらともいえない。考えると胸がドキドキしてくる。

美由紀があわただしく帰ってきた。

「すごいことなってるよ」

「何が」

「ずらっと並んでる。維新が」

美由紀の話では、投票所の入り口に、プラスターを持った維新の運動員がずらっと並んで、投票に来る人に声をかけているというのだ。反対派も三人ほど立っていたが、圧倒されているという。

住民投票では、選挙と違って、投票日も自由に宣伝活動が認められている。それは真之も知っていたが、今日は活動に出かけるつもりはなかった。それほど強くは言われていなかったし、かなり疲れもたまっていたので、今週の授業準備や、子どもの作文を読んで、家でゆっくり過ごすつもりでいたのだ。

「私、今日は家にいるけど、どうする」

どうするというのは、活動に行くかという意味だろう。真之はちょっと迷った。

そんな状況では、行かなくてはならないだろう。負けた時後悔はしたくない。全市教は、森ノ宮周辺の投票所に行く段取りになっている。

「おれも、投票所に行くよ」

真之は、真裕美を美由紀に預けて立ち上がった。

真之と遠藤は、十時ごろから、中央区のT小学校に向かった。校門前には、地域の「よくする会」の人たちが三人、「ストップ『都構想』」のプラスターを手に立っている。真之たちにも、早速、「『都構想』反対をお願いします」と声をかけてきた。

真之は、自分たちも訴えに来たと告げ、プラスターとメガホンを受け取り、少し離れたところに立った。

ここはなぜか、維新の運動員があまりいないと思ったが、よく見ると、手前の交差点に何人かが立っている。投票に来る人に、一歩手前で呼びかけようということらしい。

「『都構想』は大阪市をつぶします。反対しましょう」

遠藤がメガホンで大きな声を上げた。

二人はそれからがんばって訴え続けたが、あまりみんな態度を示してくれない。時々、うなずく人や、「わかってるで」と言ってくれる人もいるが、多くは無表情で通り過ぎる。一時間ほど経ったころ、明るい声で「ご苦労様」と言いながら、赤い腕章をつけた女性が二人の前に立った。

「あ、加藤さん」

「がんばってるね、遠藤さん」

その女性は「大阪民報」という民主的な新聞の記者だった。投票所の様子を取材に来ていたのだ。

加藤は、投票を済まして出てくる人に声をかけ、出口調査を始めた。時々インタビューもしている。三十分ほど経ったころ、加藤が二人に近づいてきた。

「あかん。めっちゃ厳しい。三十人中二十一人が賛成や」

加藤は、小声でそう言った後、笑顔で「がんばってな」と言い残して去って行った。他の区へ回るのだろう。十二時になった時、一応宣伝を打ち切って、二人は書記局へ戻ることにした。

「加藤さんの言うとおりだと、厳しいね。まあ、中央区は賛成が多いから、他の区は違うと思うけど」

遠藤は、そうつぶやいた。

真之は重い気分で帰宅し、美由紀に様子を告げた。

「絶対勝つって」

美由紀の言うことにも根拠があるとは思えない。だが、あとは開票を待つしかない。

八時のＮＨＫニュースで、出口調査の結果が出た。ほぼ拮抗している。だが、その後の開票状況は、わずかだが、賛成派がリードを続けている。五〇%、六〇%、ダメだ。やはり負けたのだろうか。真之はもうテレビを消して横になりたい気持ちを抑え、じっと画面を見続けた。美由紀も黙ってテレビを見ている。耐えられない程長い長い時間が過ぎた。

開票八〇%の時、美由紀が、何を思ったか、突然チャンネルを民放に回した。なんと、反対が賛成を上回っている。すでに九〇%だ。逆転したのか。勝てるのか。真之が再びチャンネルをＮＨＫに戻すと、反対確定とのテロップが流れた。

「勝った！」

真之は思わず声を上げた。美由紀もガッツポーズで喜びを爆発させた。勝ったのだ。市民の共同の力が、ウソとペテンの大宣伝に勝ったのだ。

第三章　波乱の日々

1

住民投票の結果を受けて、橋下市長は政治家からの引退を表明した。だが、今すぐ市長を辞任するわけではない。秋までの任期は務める。そこで、維新市政の継続を許すかどうかが、次の大きなたたかいとなる。

翌日の「しんぶん赤旗」には、よくする会の声明が掲載されていた。

「橋下・維新の会による『対立』ではなく、『対話』こそが明日の大阪を作り上げる原動力です。私たちは、これまでの共同をさらに発展させ、みんなが住んでよかったと思える大阪を築くため、そして、市民の願いを受け止める政治を実現するために、引き続き奮闘します」

真之はくり返し読んで、小宮山にメールした。

「よかったです。うれしいです。よくする会の声明に感動しました。今日からまたがんばります」

美由紀もせっせと誰かにメールしていた。

その朝、真之が出勤すると、早速教頭が声をかけてきた。

「君らの組合、がんばったな。橋下さん、もう辞める言うてるやないか」

「そうですね」

「まあ、辞めてもまた代わりの人がいろいろやってくれるやろけどな」

教頭の言葉には、維新市政への軽い反感が感じられた。橋下市政肝いりの民間校長に、この春まで悩まされたという思いもあるのだろう。

「ところでな。五年生として、学力アップの取り組みはどうや。ちゃんと進んでるか」

「はあ」

真之は、一瞬言葉に詰まった。学校目標として、三年ほど前から、国語科の診断テストの正答率アップや、読書量年間二十冊以上などが決められている。

「校長さん、国語部の偉いさんやからな。診断テストの問題もたぶん監修してはるやろし、足元でがんばってもらわんと困るんや」

「そうですか」

「まあ、新任も抱えてるし、君も大変やろけどな。しっかり頼むわ」

真之は、思い切って、疑問をぶつけてみた。

「教頭先生。テストが大事なのはわかりますが、テストですべての学力が測れるんでしょうか」

「何が言いたいんや」

「テストだけ力を入れても、ほんとの学力がついたかどうかわからんと思うんですけど」

教頭はちょっと口元をゆがめて言った。

「ほな、聞くけどな、テスト以外にどうやって学力を測るんや。客観的な基準があるんか」

「基準ですか」

「君な、音読やとか作文やとか、国語にも色々あるて言いたいんやろ」

「はい」

「音読が上手かどうか、作文がいいかどうか、どうやって決めるんや。担任が気に入ったら、それが学力か」

「それは簡単に言えませんけど」

「だから、そこを聞いてるんや」

真之は言葉に詰まった。確かに、表現活動は、上手とか下手とか言いたくない。それぞれ子どもの思いがこもっているはずだし、軽々しく評価できるものでもない。

「だから、結局ちゃんと学力を測ることができるのは、テストしかないんや。中学も高校もみなテストで決まって行くやろ。小学校のうちから、きちんとテストで評価して、どうやったらええ点数取れるか教えてやらなあかんのや」

「だから過去問も集中してやらせるわけですか」

真之は、つい言ってしまった。六年生のやり方を批判をするつもりはなかったのだが、先日の職場教研で出た話が気になっていたのだ。

「六年生のこと言うてんのか。君ももし、来年六年担任になったら、やってもらわな困るで。学力テストは、学校の値打ちを左右するんやからな。診断テスト以上に大事やで」

真之はそれ以上言い返せなかった。教頭の言い分に納得したわけではない。だが、議論を続けるには、まだまだ自分は力不足だと思えたのだ。

「わかりました」

「ほんまにわかったんか。まあええけどな。それより、しっかり新任のフォロー頼むで。ぼちぼち、親からも苦情が聞こえてきたしな」

言い捨てて、教頭はその場を去って行った。

真之は敗北感を感じていた。住民投票勝利の喜びが消し飛んで、職場の厳しい現実が改めてのしかかってくる思いだった。

2

その日の授業は、なんとなく落ち着かなかった。午前中の授業を終え、給食と清掃を終えた後は、音楽の授業だった。子どもたちを送り出し、教室で子どもたちの日記を読んでいた真之は、隣の教室がかなりやかましいのが気になった。もしかして、担任がいないのかと思うような騒がしさだった。

教室を見に行くと、廊下の窓が少し開いていた。子どもたちが机を動かして、いくつかグループを作り、盛んにしゃべっている。スマホをいじっている子もいる。小林は社会科の授業をしているのだが、ぼそぼそとしゃべっている話をほとんどの子が聞いていない。まったく無視している。小林はどうやら注意する気力もないようだ。これでは完全に授業崩壊だ。

二年前、真之が赴任してきた時の学級もひどい状態だったが、ここまでは荒れていなかった。一応、真之の話を聞いてくれてはいた。

いつの間にこんなことになったのだろう。いっしょに体育をしたりして、少しは雰囲気がよくなっていたのではなかったか。先週は住民投票に気持ちが集中していて、小林のことをあまり気づかっていなかったことが悔やまれた。

入って行って注意しようか。いや、小林のプライドもあるだろうし、なぜこうなったのか話を聞いてからでも遅くはない。真之はひとまず教室に戻った。落ち着かないままに、日記に目を通し、書き込みを続けた。

チャイムが鳴ったと同時に、隣の教室の子どもたちが一斉に教室を出て行った。真之が廊下に出ると、子どもたちは走るのを止め、歩いて外に出て行った。教室には残って遊んでいる子も何人かいる。小林は、黙って教卓に座っていた。誰も傍《そば》にはいない。

六時間目を告げるチャイムが鳴った。真之のクラスの子は全員戻ってきたが、小林のクラスには、まだかなり戻っていない子がいるようだ。気になったが、自分のクラスの授業をしなければならない。この時間は国語だ。新出漢字の練習を、漢字ノートに書かせて、できた子から、持ってこさせて丸を付ける。

子どもたちが書き始めた時、真之は廊下に出て、隣の教室をうかがった。まもなく男子が三人ほどだらだらした足取りで戻ってきた。

「君たち、どうしたんや」

真之の問いかけに、子どもたちは黙って教室に入って行った。

その日は、研修があるということで、小林は六時間目が終わるとすぐ出張していき、話し合うことはできなかった。

そして、次の日、小林は体調不良ということで欠勤した。もしかすると、このままずるずると休んでしまうのではないだろうかという不安がよぎった。

真之は、笠井と交代で、小林の教室に行き、自習をさせた。子どもたちはまあまあ静かに学習している。

やはりこうなるには、何かのきっかけがあったのだろう。よく聞いた上で一緒に解決を図る相談をしよう。

午前中の授業が終わり、給食・掃除を経て、子どもたちが戻ってきた時、女子トイレを担当していた五人の服が濡れているのに気付いた。中でも山村静香の服はかなりひどく濡れている。

「山村さん。どうしたんや」

「水道のホースが外れて、近くにおったんで濡れました」

静香は明るく答えた。

「ふーん、そら災難やったね。保健室に行って体操服に着替えてくるか」

「私らも行きます」

同じ班の吉野梢《こずえ》が、静香より先に答えた。

「わかった」

五人は連れ立って保健室へ向かった。真之は何となく不安な気がしたが、黙って見送った。

五人は教室の左側の席に集まっていて、掃除当番も同じチームだし、いつも一緒に固まって遊んでいる。どう見ても仲良しグループだ。静香も特に変わった様子には見えない。

真之は、静香の日記を見た。昨日五人で遊んだことが書いてある。他の子どもたちも、同じことを書いている。特にケンカをしたような様子はない。

間もなく五人が戻ってきて、五時間目の授業が始まった。もう一度、小林のクラスを見てくる必要がある。

真之は算数のプリントを配り、簡単な説明をして教室を出たが、幸い、既に笠井が見てくれていた。

小林は、一日休んだだけで出勤してきた。医者の診断では軽い胃潰瘍《いかいよう》だということで、薬で治療するとのことだった。やはり、精神的なストレスが胃に来たのだろう。真之も、二年前は全く胃が痛くなる日々だったことを思い出した。

その日の放課後、真之と小林は校長室に呼ばれた。

「実はな。突然やけど、松岡先生が辞めはったんや」

教頭の話によると、松岡は、田舎暮らしに憧れていて、兵庫県の田園地帯に行き、のんびりと米作りをするのだという。希望していた家が手に入ったので、この際辞めてそちらへ越すというのだ。

「まあ、理由は色々あるやろけど、一応そういうことや」

「代わりの方は来られるんですか」

「さしあたっては見込みがない。指導教官は、高橋先生にやってもらうということで頼むわ」

それはいいが、小林の学級は全く厳しい状態にある。教務主任の大沢か教頭に、応援に入ってもらった方がいいのではないだろうか。そのことを言おうか言うまいか迷っていると、教頭が言い出した。

「小林君の学級がしんどなってることはわかってる。時々、様子見に行くから、まあがんばってくれ」

教頭は言葉を続けた。

「それからな、保護者から、いろいろ注文が来てるんや。臨時に保護者会開いてくれという声もあるし、近いうちにやらなあかんかもしれん」

真之は、以前に学級が荒れていた時、率直に保護者にクラスの状況を話して、助けを求めたことがある。その時は、親の対応も協力的で、有志が授業を見に来てくれたことがずいぶん支えになった。小林のクラスも、そんな風に保護者が協力してくれるといいのだが、担任を代えてほしいなどの動きが出てくると、ますます小林への風当たりは強くなるだろう。

「学年としても、できる限り応援していきます。いっしょにがんばろ」

真之の言葉に、小林は「ありがとうございます」と言ったが、心なしかうつろな響きだった。

翌日から、教務主任の大沢が、小林の教室に足を運んでくれた。その効果で、教室のなかは少し落ち着いたようだった。

小林のこともあるが、自分の学級も気をつけなくてはいけない。真之は、静香たちの様子にそれとなく気を配った。だが、いつも傍にいてやるわけにはいかない。五人は大体においていつも一緒に行動しているのだが、トイレ掃除の時のようなことはもう起こらなかった。三日が過ぎ、真之は少し安心しかけていた。

3

翌週、三時間目の体育になって、運動場に集合した時、静香が普通の服装で出てきた。

「体育、見学します」

「どうしたの。調子悪いの」

静香は黙ってうなずいた。

「保健室に行くか」

「ここで見学します」

真之は体育を始めたが、静香のことが気になっていた。おかしい。連絡帳にも何も書いていなかったし、様子も普通だったのにどうしたのだろう。

その日の掃除が終わった後、笠井が教室に来た。

「これ、先生とこの子ですね。山村静香」

笠井は体操服の入った袋を見せた。静香の名前がローマ字で抜いつけてある。

「どうしたんですか、これ」

「うちの組の子が見つけてきたんです。トイレ掃除の用具入れに隠すように入ってた言うて」

女子トイレに体操服が隠されていたのか。それで静香は体育ができなかったのだ。誰の仕業だろう。まさかあの女子グループの子らが、そんなことをするとは思えない。今日の給食中も、全く普通にしゃべったり笑ったりしていたのだ。

袋は汚れたり破れたりはしていない。用具ロッカーならすぐ見つかるだろう。とりあえず、体育ができなくなるということを狙ったいたずら、いや、いじめだ。

すぐにもクラス全体に問いかけたかったが、ひとまずそれは止めた。体操服がないということを言わずに、見学だけした静香だ。おそらく、クラス全体の場で話しあったところで、何も言おうとしないだろう。

放課後も、必ずと言っていいほど女子同士で一緒に下校する静香だ。一人になる機会がない。

真之は思い切って家庭訪問することにした。親に事情を話すのは少し気が重いが、家での様子も聞かせてもらった方がいい。静香の家は学校からごく近くのマンションだ。五時ごろに訪問すると、静香が出てきた。

家族は今出かけていて自分だけだという。

「君の体操服が出てきたんや。女子トイレから」

静香は黙って受け取った。

「誰かに隠されたと思うんやけど、心当たりないか」

「ないです」

「君、もしかして、いじめにあってるんと違うか」

「別にないです」

　静香は、結局、いじめにあっているということはひと言も言わなかった。体操服が隠されていたことは、明らかないじめだが、それについては、誰かがふざけてやったと思うけど、気にしてませんと言うだけだった。

「また何かあったら、必ず言うてな。先生は絶対君の味方やからな」

　そう言い残して、やむなく真之はそのまま学校へ戻った。これからどうしていけばいいのか、まだ考えが見つからなかった。

　それからの一週間、真之は、静香の様子に気を配った。いじめにあっているのかどうか、なかなか目立ちにくいが、見えないところで何かが行われているのかもしれない。日記にも気をつけていたが、これということは何も書いていなかった。

　土曜日になり、真之は青年部の常任委員会に出かけた。遠藤青年部長の司会で、まずはいつものように職場の様子を交流する。疲れた顔をしていたみんなは、次々としゃべりだした。

「今週、病欠者が出て、これで二人目なんやけど、代わりの人が来うへんから、教務主任が担任代行して、音楽専科の人も、各クラスで音楽の授業やってもらって、担任代行してるんや。おかげで、ぼくも音楽せなあかん。自信ないけどやってるんや」

「五月になってから、七時に学校出たん二日だけや。毎日家に帰ると十時過ぎや。これって過労死ライン越えてるんと違うか」

　中学校はさらにすさまじい。今年から役員を引き受けてくれた北野勉が言うには、病欠が三人いて、代わりが来ないために、もう三週間も、一年生の理科の授業ができていないというのだ。

「どうしてるの、その時間」

「とりあえず、英語と数学やってます。いずれ埋め合わせるいうことで。もしかしたら、夏休みに補習とかするかも」

それはいくらなんでもひどい。子どもたちの学習権はどうなるのだ。

「教職員の数が絶対的に不足しているんやね。定数内講師に頼っているけど、正教諭はかなり少なくなってるよ。定員増の要求て、ほんまに大事やね」

遠藤がひと区切りつけた後、真之も発言した。

「新任を支えなあかんと思うんですが、自分のクラスも不安材料が出てきて大変です」

「うちの新任もしんどそうや。ひょっとしたら、辞めるんと違うかと思う」

真之の発言に呼応して、新任の話も次々と出てきた。中学校教員の長島からは、テストの話が出た。

「チャレンジテストいうて、大阪府が独自にやりだした統一テストやねん。試行言うてるけど、そのまま高校入試の内申書に使うつもりやろ。一年生から、入試に追い立てられるで」

やはりテスト教育の流れは強まっている。真之は、教頭との議論を振り返りながら、学習したいと思った。

同じく中学教員の緒方が発言した。

「この夏採択される中学社会科教科書の問題も重大です。歴史を修正する育鵬社などの教科書が採択されたら大変ですので、他団体とも相談して、考える会を立ち上げる予定です」

「いろんな課題が山積しているけど、政治の動きも重大です。野瀬書記長から、少し報告してもらいます」

遠藤の司会で、全市教の野瀬書記長が、住民投票の勝利の意義を語った後、話は「戦争立法」の問題へと進んだ。

「安倍内閣が、十四日に『戦争立法』を閣議決定して、国会に提出しました。来週から審議入りすると思われます。事態は極めて重大です」

野瀬は、「戦争立法」即ち安保関連法案は、集団的自衛権を行使できるようにするものだと解説した。

「憲法九条の下では、これまでどの内閣も、集団的自衛権は違憲であり、権利はあっても行使はできないという立場に立ってきました。ところが、安倍内閣は、これまで続いてきた憲法解釈を勝手に捻《ね》じ曲げ、集団的自衛権が、一定の条件のもとでは可能であるという閣議決定を行ったのです」

　野瀬は、政府の言う自衛隊の武力行使容認新三要件について手短に説明した。

「ア、我が国または我が国と密接な関係にある他国に対する武力攻撃が発生し、我が国の存立が脅かされる危険があること。イ、これを排除し、国民を守るために、他に適切な手段がないこと。ウ、必要最小限度の武力行使にとどまるべきこと。といった内容で、政府が判断し、戦争できるようにするということです」

　この後、この問題での議論が続いた。


　その晩、真之は美由紀と「戦争立法」について話しあった。

「ピースウエーブでも、いろいろ学習してるよ。歌を作って、街頭に出て歌おうとか」

　相変わらず美由紀は積極的だ。真之の知らなかったこともよく知っている。

「安倍総理が国会で言うてるやろ。中東のホルムズ海峡に、地雷が設置されたりして、原油の輸入が止まったとするやん」

「そんなこと起きるかなあ」

「起きたとしたら、それは日本の存立にかかわるから、自衛隊が出かけて行って、機雷除去することもあるて言うんよ」

「うん」

「そしたら相手も黙ってないから、攻撃してくるかもしれんやろ。つまり戦争になる言うことや」

　それは恐ろしいことだ。七十年以上戦争しなかった日本が他国と戦争することになる。

「戦争となったら、相手もテロとか仕掛けてくるやろ。原発とか真っ先に狙われるんと違うか」

「そう思うわ」

　昼間の議論でもくり返し言われていたが、最大の問題は、安倍内閣が、勝手にこれまでの憲法解釈を変えたということなのだ。このまま国会を通過すれば、憲法九条があっても、それは空文化してしまうかもしれない。

「そうなったら、自衛隊の希望者が減って、徴兵制敷くいうことになるかもしれへんね」

　美由紀は恐ろしいことを言い出す。だが、ほんとうにそうなるかもしれない。果たしてそれを止めることができるのだろうか。自分たちは忙しく、力も足りない。国民はテレビや新聞を見て、どう考えているのだろう。

「こわいね」

　美由紀は、寝ついている真裕美の傍らに行き、頬を撫でながらつぶやいた。真之も傍に行き、じっとその寝顔を見た。かわいいという思いが込み上げてきた。

4

　翌週から少しずつ、静香の様子が変わり始めた。

　相変わらず五人組で行動しているが、心なしか元気がないように見えた。授業中指名された時の声も小さい。あまり笑ったりしゃべったりしていないようだ。

　真之はついに決心を固め、五人と話し合いを持つことにした。放課後、学年で使っている資料室に五人を集めて、真実を聞こうと思ったのだ。

「先生は山村さんの様子がどうしても気になるんや。体操服が隠されていたこともあったし、服がびしょ濡れになってたこともあった。何かあるんやったら教えてほしい」

　真之は、真剣さをみなぎらせてそう問いかけた。だが、子どもたちの反応は変わらなかった。

「私らは、何もしていません。なあ」

　梢がケロッとして言うと、子どもたちもうなずいた。

「山村さん。誰かに何かされてないか。先生は絶対責任を持って君を守るから言うてくれ」

　だが、この言葉にも静香は、答えなかった。

「わたし、なんもされていません」

「現に体操服隠されて、体育出来なかったやろ」

　静香は黙りこんだ。

「先生は、君らが山村さんをいじめてるとは思ってない。けど、いくら仲よしでも、ちょっとしたことで、もめることはよくあるんや」

　真之はできるだけ穏やかに言葉を続けた。

「何かあったら、はっきり思ってることを言うて、話し合うのがいちばんええ。ぜひそうしてくれ」

真之はそう言って、みんなを帰らせた後、じっと考え込んだ。心を込めて問いかけたことが通じなかった。それどころか、事態をいっそう悪い方向に向けてしまったかもしれない。これ以上、どうすればいいのか、見当がつかない。

真之は、急に自分が無力な教師に思えてきた。小林に忠告したり、教頭に反対したり、おれは何を偉そうにやっているのだ。そんな思いが突き上げてきた。

その晩、真之は美由紀とほとんどしゃべる元気がなかった。食欲がなく、夕食のカレーも、いつもの半分くらいによそってどうにか食べ終え、真裕美の傍らにごろっと寝転がった。

「何かあったの」

「うん。ちょっと」

「学級のこと、職員室のこと」

「どっちもきびしい」

「そっか」

美由紀は、それ以上何も聞こうとしなかった。

翌朝、千葉からメールが届いていた。「どないしたん」と書いてある。美由紀が何か相談したに違いない。真之はすぐ返信した。

（クラスのことで悩んでいます。いろいろ教えてください。お会いしたいです）

美由紀は素知らぬ顔で、普段の通り朝食の用意をしている。真之は背中越しに声をかけた。

「昨日はごめん。また詳しく話す」

「わかった」

それ以上、美由紀は何も聞こうとしなかった。

「今日、千葉先生に会えたら、遅くなるから」

真之はそう言い残して家を出た。

千葉はその晩、すぐに時間を作ってくれた。職場を少し早めに出た真之は、なんば駅前の喫茶店で、小林のことや静香を巡る経過を話した。千葉は何度もうん、うんとうなずきながら、真之の話を聞いてくれた。

「まーくん、しっかりしてきたわ。きちんと対応してるやん」

それが千葉の最初の言葉だった。

「あなたは、子どもをしっかり見てるし、決めつけもしてへん。それでええんよ」

「そうなんですか」

「いじめはね、子どもはみんな知ってても、教師には見えにくいんよ。先生に言うてもなかなか言うても安心という関係ができてなかったら、なかなか言うてくれへん。自分が被害者になるのが怖いんよ」

「そうですか。男子なら、女子のいじめのことは言えると思うんですけど」

「違う。男子も女子も一緒。男子かて、女子に何かされるのは怖いんや」

そうかもしれない。女子に陰で嫌がらせされたら、男子だって困るだろう。

千葉は、なんでも言える関係を作るために、担任しか読めないようにして、レターボックスを置いているという。日記も有効だという。真之も一応日記は書かせているのだが、あまり子どもから本音が出せているとは思えない。まだまだ自分は信頼されていないということなのか。

「子どもの方から相談してくれたら、もう一気に解決するから、今あなたが続けてる日記で、何か書いてくれるのを待つことや」

千葉は、小林のこともアドバイスしてくれた。

「その先生、何か自分の得意なことや好きなことない」

「さあ、あまり聞けてないです」

「好きなことで、子どもにアピールしてみたらええと思うよ。まーくんも、昔、上手にプールで泳いで、子どもらにおおーって言われたんやろ」

そういえば新任の時、そんなこともあった。いつも反抗するタケシという子どもまで、家で先生かっこいいと言ってくれていたことが思い出された。

「子どもは、教えてくれるだけやのうて、人間として色々な顔を見せてくれる教師に心を寄せてくれると思うんよ。小林先生も、何かできることがきっとあると思うよ」

最後に千葉は、こう付け加えた。

「美由紀ちゃん、心配してたよ。あの子も結構デリケートやから、悩んでいるあなたの姿を見ると、おろおろするんよ。自分にもっと顔を向けてほしいという気持ちもあるよ。この頃二人でちゃんとしゃべってる」

「まあ、こないだも戦争立法のことで盛り上がったし、けっこうしゃべってますけど」

「話題はそれか。さすがやね。あんたら夫婦らしいわ」

千葉は笑いながら、伝票を握って立ち上がった。

真之は、不思議なぐらい気持ちが晴れていた。すぐに解決できなくても、何とかなるという気がしてきたのだ。

それから真之は、できる限り教室にいる時間を増やそうとした。静香に気を配ることはもちろんだが、他の子どもたちにも何かあるかもしれない。心なしか、教室に重たい空気が漂っているような気がする。いじめの実態を知りながら口を閉ざしているのかもしれない。

「子どもは、ランドセルだけを背負って学校に来るんと違うよ。くらしを背負ってくるんや」

千葉からよく聞かされた言葉だった。

何事もなく過ごしているように見える子どもたちでも、実はいろいろな課題を抱えている。朝食抜きで登校しているかもしれない幸雄のような子もいる。

私学受験を目指してがんばっている優香も、いつストレスを爆発させるかもしれない。過去に、ストレスでひきこもりになった子も指導したことのある真之は、担任の仕事の重さを改めてかみしめていた。

5

それから、真之のクラスは、一見、穏やかな状態が続いた。目立ったいじめがあるようには見えない。もちろん安心したわけではないが、このまま収まってくれればいいという期待も芽生えていた。

一方、小林のクラスは、教務主任の大沢が来てくれたことによって、まずまず平穏を取り戻したようだったが、小林の授業が落ち着いたわけではないだろう。おそらく子どもたちが集中していないに違いない。

どうすれば小林を支えられるのだろうか。いっしょに教材研究をすることも考えられるが、実のところ、真之も自信がなかった。国語と体育あたりは得意だが、理科や社会科の授業などは、なんとなくこなしているに過ぎない。職場教研に誘って、川岸たちの助言をもらうのもいいし、組合教研にも誘いたい。夏休みになったら、ぜひ誘おう。

そんなことを考えながら数日が過ぎた時、突然小林が休んだ。体調不良で休みますとの電話が入ったということだった。とりあえず、その日は大沢が全面的に子どもたちを見てくれたが、次の日も小林は休んだ。

大沢の話では、小林の様子は少しおかしかったという。授業が始まってから、トイレに行ったり、子どもの前で、しばらく黙っていたり、給食もほとんど食べていなかったということだ。

「うつ状態やな。精神科に行った方がええ。そう言うたろかと思ってたら、休んでしもた」

「子どもたちは、相変わらず反抗的でしたか。先生の言うことを無視するとか」

「いや、それほどでもない。ぼくも、時々授業見てたからな。一応言われることはやってた」

「そしたら、何が大きな原因でしょう」

「まあ、色々あるやろな。人それぞれ心の中は違うよって、彼にしても言うに言えん思いがあるんやろ。こんなはずやなかったと思ってるやろな。教育実習とかはちゃんとやって、採用されてきたんやから」

大沢は、いつになくしみじみとした口調だった。

小林が三日連続で休んだ日の放課後、真之と笠井は校長室に呼ばれた。校長、教頭、大沢が同席している。

「小林先生のことやけどな」

教頭が切り出した。

「三日連続休んでいるし、どうも精神的にもしんどいようやし、この際、病欠取ってもらおうかと思います」

　予想されないことではなかった。しかし、それを言うのはまだ早いのではないか。

「待ってください」

　真之は考えながらしゃべった。

「まだそういう結論は早いと思います。来週から出てくるかもしれんし、もうちょっと待ってくださ い」

「決断は早い方がいいと思います」

　校長が即座に言った。

「一番大事なのは子どもたちのことです。違いますか」

　その通りだ。それはそうだが。

「不安定な担任に指導されている子どもたちが一番迷惑です。早く診断書を書いてもらって、病欠申請して、小林先生もちゃんと治療してもらえばいいし、代替の人に一日も早く来てもらう必要があります」

　校長は、切り口上と思える口調で言い切った。

「あの、代替の人はすぐ来てもらえるんですか」

　笠井が言葉をはさんだ。

「厳しいかもしれんな。だから、ぼくも心当たりを当たってみるし、校長先生にもお願いして探してもらうつもりや。早い方がええ」

　教頭に続いて、大沢もうなずきながら言った。

「高橋君にも言うたけど、小林君は相当参ってるで。ゆっくり休ませた方がいいと思うけど」

　真之が考え込んでいると、笠井が思いがけなく強い口調で言った。

「それって、小林先生をもう見捨てるいうことですか」

　雰囲気が一挙に固くなった。

「新任の先生が、色々うまくいかないのは当たり前やと思います。もうちょっと長い目で見ていただけないんですか。高橋先生かて、毎日のように気を配ってはります」

　いつも控えめな笠井が、こんな強いことを言うとは予想もしていなかった。管理職側も意外だったらしい。

「先生、何か誤解してない。病欠取ったら、ということは、教員辞めろ言うこととは違いますよ」

校長が、諭すように言った。

「けど、新任の立場で、病欠なんか取ったら、結局退職まで行くことに」

「何言うてるんですか」

校長は強い口調で。笠井の言葉を遮った。

「そうならんように、みんなで努力するのは当然です。けど、一番大事なのは子どもですから」

結局、その日の話し合いは、来週いっぱい様子を見て結論を出そうということで落ち着いた。真之だけでなく、笠井の思いがけない抵抗が影響したことは確かだった。

教室に帰ると、真之は笠井に礼を言いに行った。

「先生、ありがとうございました。あんなにはっきり言うてくれて」

「いいえ、先生こそ、いつもお疲れ様です」

笠井は、少し目を赤くしていた。

「私、前任校で、おんなじようなことがあったんです。同学年の新任の先生が、病欠になって、結局退職してしまって」

「そうなんですか」

「なんもしてあげられなくて、申し訳ないという気持ちがずっと引っかかってました。小林先生にも、このままでは何もしてあげられへんなと思うとつい」

真之は、考えていたことを口にした。

「ぼく、明日、小林君の家に行こうと思うんですけど、先生もいっしょに行っていただけませんか。あ、無理やったらいいですけど」

笠井は即座に答えた。

「わかりました。ごいっしょします」

「お子さんは、だいじょうぶですか」

「明日は保育所ありますから」

6

翌日土曜日、九時ごろ二人はいったん出勤し、小林の家に出かけた。小林は、堺市泉北《せんぼく》のニュータウンに住んでいる。車を運転する笠井に乗せてもらって、ナビを見ながらたどり着いたのは十時近くだった。

インターホンを押すと、小林の母親らしい人が出てきた。

「同学年の高橋と笠井です。小林先生、お加減はいかがかと思いまして」

母親は恐縮したように、何度も頭を下げて、二人を迎え入れた。

「お忙しいのに、わざわざお運びいただいて申し訳ございません。息子がいつもご迷惑ばかりおかけしております」

二人は、客間ではなく、小林の部屋へ通された。入ると青いジャージ姿の小林が正座していた。ベッドや机、本棚がある八畳ほどの広い部屋だった。

「すみません。申し訳ないです」

小林は、深々と頭を下げた。

「どうなの、体の具合は」

「はい。自分でもよくわからないです。朝になったら体がだるくて、出勤する気力が出てこなくて」

「病院へは行ったの」

「すみません。行ってません」

小林はうつ状態に違いない。登校拒否状態に陥っている。だが、大沢が入って、いくぶん教室は落ち着いて来たのではないか。なぜ今それほど苦しむのだろう。真之がそのことを口にすると、小林は、自分の膝を拳で叩いた。

「ぼくは、子どもたちに必要とされていません。大沢先生や先生方の話はちゃんと聞いても、ぼくの言葉は聞いてくれません」

「そこまで言い切らなくてもいいのと違う。あなたも一生懸命やってるんやし」

笠井がやさしく言ったが、小林は泣きながら言い放った。

「そんな慰め言わんといてください。ぼくは教師に向いていないということがわかりました。もうだめです」

真之には、小林の気持ちが痛いほどわかった。自分も新任の時、子どもたちに反発され、苦しみ抜いた。今では元気に働いている、後輩の植村もそうだった。きっと、多くの新任が一度は通る道なのだ。あきらめるのは早い。

真之がそのことを話すと、小林は少し落ち着きを取り戻した。

「すみません。ほんとに。ともかく、這《は》ってでも行きます。月曜日には行きます」

真之は、その時、千葉の言葉を思い出した。

「小林君。突然やけど、君、何か得意なことないか。好きなこと。なんでもええんやけど」

小林は即座に答えた。

「一応、ギターです。弾き語りが特に好きです」

そう言えば、部屋にはギターが置いてある。

「ギターが好きなんや」

「はい。毎日弾いてました」

「学校で弾いたことはあるの」

「ありません。そんな勝手なことできません。ぼく、音楽も教えてないし」

これだ。子どもたちの前で、ギターの演奏をしてもらおう。いっしょに歌うのもいい。これだと思った。

月曜日、小林は出勤してきた。打ち合わせた通り、ギターを携えている。

真之は、小林に子どもたちの前で歌ってもらおうと学年で相談したことを、大沢に話した。大沢は意外なくらい協力的だった。

「面白い。彼が元気出してやってくれたら、ぼくも行かんで済むしな」

大沢は、そう言って、打ち合わせ通りにやってくれることを約束した。

真之はいったん自分の教室に入って、算数のプリントを配ってから、廊下に出て行ったり来たりしながら二つの教室を見守った。小林のクラスでは、大沢がすでに子どもたちに話をしている。小林はギターを持って、廊下の隅に待機している。

「体壊してはった小林先生が、元気になって戻って来られました。今日は君たちに、プレゼントがあるそうです」

子どもたちがオヤッという顔をした。

「歌のプレゼントです。小林先生、どうぞ」

大沢が招き入れると、小林は、教室に入り、ギターをポロンと爪弾《つまび》いて一礼した。子どもたちから、まだ拍手はない。

　大沢が「拍手！」と言って手を叩くと、子どもたちも釣られて、一応拍手をした。

　小林は椅子に掛けると、いきなりギターを弾きながら歌い出した。人気アニメ「ワンピース」の初代オープニングソング「ウィーアー！」だった。歌うことはできないが、真之も一応知っている。

　小林は信じられないほど鮮やかにギターを弾きながら、楽しそうに歌っている。まるで、プロの演奏を聴いているかのようだ。普段の彼からは想像もできない姿だった。子どもたちはたちまち手拍子で歌に呼応していく。歌い終わると圧倒的な拍手が起こった。口笛を吹きならす子もいる。真之の教室からも、何人かが様子を見に出てきた。

　小林は続いて、スタジオジブリのアニメソング、「さんぽ」を歌い出した。子どもたちも一緒に歌う。教室は完全に一体化していた。

　歌い終わった後、小林は、こんなことを言い出した。

「もうじき楽しい夏休みが来ますね。夏休みと聞いてみんなが思い浮かべる言葉は何ですか。なんでもいいから言って」

　子どもたちは口々に色々なことを言い出した。プール、かき氷、花火、蝉取り、宿題、田舎、台風、夜店、まだまだ出る。むちゃ暑いと叫んだ子もいたし、塾の合宿と言った子もいた。

　小林はそれを次々と黒板に書き、立ったままでギターをかき鳴らし、それらの言葉にメロディーをつけて歌い出したのである。

「プール、かき氷、花火、蝉取り……夜店、綿菓子、入道雲……　楽しい楽しい夏休み」

　メロディーがマイナーに変わった。

「塾の合宿、宿題の山、家の手伝い、くそ暑い……しんどいしんどい夏休み」

　即興で、巧みなリズムとメロディーに乗せて小林が次々と言葉を歌にしていく。楽しい楽しい夏休み、と繰り返すと、子どもたちも一緒に歌った。

「みなさん。ご協力ありがとうございました」

　深々と頭を下げる小林の姿は、歌手そのものだった。

約二十分ほどのミニコンサートが終わった後、大沢が進み出た。

「小林先生が、こんなに歌やギターが上手とは知らなかったな。きみらもこれから、毎日、一緒に歌ったら、楽しいやろな。よそのクラスにも聞かせてあげたいな」

廊下で聞いていた真之のクラスの子もうなずいている。確かに、学年全体でもこんな会を持ちたい。

「そしたら、今日もがんばって、勉強してください。先生は職員室に戻ります」

大沢は、教室から出てくると、真之に向かって軽くVサインをして、急ぎ足で去って行った。

真之も子どもたちを促し、教室に戻ったが、心の中ではまだ小林の歌が響いていた。ギターが好きといっても、あれほどの技量を持っているとは想像もしなかったのだ。

翌日から、小林のクラスは朝と帰りに歌を歌うことになった。毎日、その日の日直が、歌いたい歌を、黒板に書いておく。もちろん同じ歌が続いてもかまわない。どんな曲でも小林は即興で伴奏してくれる。

こうして、小林は気力を取り戻し、授業もかなり落ち着くようになった。もちろんそれですべてが解決したわけではない。大事なことは、子どもの思いに寄り添い、サインを見逃さず対応することなのだ。それは、真之にとっても、日々求められることだった。

第四章　沖縄の海と空

1

それから、ひと月余りが過ぎて、七月となった。梅雨が明け、むくむくとした入道雲が湧き上がる夏がやってきた。

小林は、あの日から、子どもたちと毎日歌を歌い、休み時間も談笑する姿が見られるようになった。始まったプール水泳でも、積極的に水に入り、子どもたちとよく戯れている。こうして一皮むけた小林は、真之の勧めで、作文指導などにも取り組むようになった。

一方、真之は重苦しい気分で日々を過ごしていた。

静香に対するいじめがあるに違いないとは思うのだが、本人は何も言ってこないし、周りの子も沈黙している。なんとなくクラスの雰囲気も重たい。授業などは静かに聞いているのだが、元気がない。

もう一つ気になりだしたのが、川村信二のことだった。信二はもともと明るい子だったが、あまり友だちと遊ばなくなり、教室でじっとしている。ちょっとしたことですぐにカッとして怒り出すので、周りの子も離れて行ったようだ。おそらく、野球での怪我の後、レギュラーを外されたことが原因だと思われる。一度、家庭訪問して話し合おうと思っていた。

真之は、できる限り教室に気を配っていたが、プールが始まり、着替えや準備、その他の都合もあり、教室を空けることも多くなっていた。

そんな時、ついに変化が起きた。静香が日記で訴えてきたのだ。

「先生、助けて、休み時間、職員室へ行かないで」

やはりいじめはあったのだ。真之は思わずこぶしを握りしめた。どうする。静香とまず話し合うか。五人と話し合うべきか。まずは静香の話を聞こう。

真之は、その日の三時間目、国語の時間を図書室での読書とし、静香と教室で話しあった。

静香の口からは、次々と驚くべきいじめの実態が出てきた。ランドセルが糊《のり》でべとべとになっていたこと、押しピンが上靴に入れられていたこと、プールで沈められたこと、物を隠されたことなどだった。

「どうして今まで我慢してたんや」

静香は泣きながら答えた。

「言うたら、もっとひどいことされると思った」

「お家の人に相談はしなかったんか」

「言いたくなかった。親が心配するからいややった」

その気持ちはわかる。辛かっただろう。

「ごめんな。今まで気づいてやれなくて」

真之は率直に詫びた。それは偽りのない気持ちだった。自分がもっと頼れる教師なら、早く打ち明けてくれたに違いない。

「これからは絶対先生が君を守る。約束する」

真之はそう言い切った。

「この話をクラス全員に言いたい。いっしょに考えてもらいたいんや。言うてもええか」

静香はうなずいた。

五時間目、真之は、静香の日記を読み上げ、どんないじめがあったかを話した。子どもたちは黙って聞いている。特に驚いた様子がないということは、実はみんな知っていたのだろうか。知らないのは担任の自分だけだったのだろうか。それは、真之にとって大きなショックだった。

真之は、担任として申し訳なく思っていると言った後で、作文用紙を配った。

「今の話を聞いて、どう思ったか。みんなの気持ちを書いてほしい。もちろん言いたいことや、知っていることがあれば書いてほしい。名前は書かなくてもいいけど、書いてもいいという人は書いてください」

みんなが書いている間、真之はあえて自分の席から動かず、教科書を読みながら、時々、子どもたちの様子に気を配った。梢たちも黙って何か書いている。

二十分程で全員の作文用紙が集まった。真之は、それを読み上げていった。

「ひどいと思いました。やった子は反省してほしいです」「自分がされた時のことを考えてほしい」「静香さんがかわいそうです。もうやめてほしい」「正直にあやまった方がいい」

こうしたまともな意見がほとんどだったが、中には「わかりません」というものや、「別にない」というものも一、二枚あった。そして、実は知っていたというものも出てきた。だが、それにも、加害者の名前は書いていなかった。

「女子が山村さんの机の中に手を入れて何かしてたのを見たけど、その後何もなかったので、黙っていた」「静香が何かされていたのは知っていました。でも、静香は何も言わなかったし、自分が言うと、今度はいじめにあうかなと思って言えませんでした。やった子は謝ってほしいです」

この文を読み上げた時、梢が、机を激しく蹴った。

みんなが梢に注目したが、誰も何も言わない。梢は、半ば自分の仕業だと認めている。だが、そこから先が言えないのだろう。

真之は、そのまま読み続けた。

「ぼくは、みんながいじめを知っていたと思う。ぼくも知っていたけど黙っていた。いつかだれかが言うと思ったけど、だれも言わなかった。ぼくも自分がひきょうだと思った」

真之はもう一度梢を見た。梢は黙ってうつむいていた。

「これで全員です。いじめのあったことをたくさんの子が知っていたのに、知らなかった先生は、ほんとに恥ずかしいです。静香さんに謝ります」

真之は頭を下げた。みんなは黙っている。

「今日書いてもらった中には、自分がいじめていたとか、その理由とかは書かれていませんでした。でも、少なくとも、もうこれからはやめてほしい。絶対にやめてほしい」

真之はちょっと声を詰まらせながら続けた。

「いじめていた人も、このクラスの仲間です。必ず、自分から本当のことを話してくれると思います。その時には、責めるのではなく、気持ちを聞かせてほしいと思います。それができると信じています」

その日はそれで話を終え、必要な連絡をして、子どもたちを解散させた。静香に、家まで送って行こうかと言ったが、一人で帰りますと言って、教室を出て行った。梢たちもばらばらに帰って行った。

それから真之は、今後のことを考えた。梢たちがはたして事実を言うだろうか。こちらから問いただした方がいいだろうか。いや、それではおそらく頑なに否定するだろう。静香と直接話し合わせても否定し続け、藪《やぶ》の中になるだろう。もう二、三日待ってみよう。

そう思いながら翌日教室へ行き、緊張しながら日記を見ていった。梢がいじめのことを書いている。ついに真実を書いてくれたのだ。

「何度やめようかと思ったけど、なかまがいたから、やめられませんでした。何をしても、静香が『やめて』と言わないのがムカついて、もっとひどいことをしたら言うかと、エスカレートしてしまいました」

他に、二人の子もいじめをやったと書いてきた。ようやく解決へ踏み出すことができたのだ。

2

その日の放課後、真之は資料室で梢と向かい合って、話を聞いた。

「どうして静香をいじめる気になったんや」

「あの子にむかついたから」

「どんなことで」

「あの子すぐ、お母さんに聞く言うねん。何話してもすぐそうやって言う。それがめっちゃいや」

それがそんなに腹の立つことなのか、真之にはよくわからなかった。だが、ともかくそれを受けとめながら話を進めた。

「日記に書いてたけど、静香が、止《や》めてて言わなかったから、いじめを続けたんやな。もし止めてて言うたら、止めたんか」

「うん。みんなやめたと思う」

「と言うことは、静香が助けて言うたから、もう止めるんやな」

「はい」

今度はきっぱりとした言葉だった。

「静香に謝ろうという気持ちはあるか」

梢は黙っている。

「君らのやったことは、許されへんことやで。ひどいことをしたという気持ちがあったら、謝らなあかんやろ」

梢は黙ったままだ。

「どうなんや」

真之の声が厳しくなった。

いきなり梢は机をひっくり返し、立ち上がった真之に体ごとぶつかってきた。真之は思わず抱きとめたが、あわてて手を放した。梢はしゃがみこんで泣いている。

何かある。この子の心の中を吹き荒れている嵐は、きっと一筋縄ではいかないものがあるに違いない。家庭訪問に行った時は気づかなかったが、家庭に何か問題がある。静香がすぐお母さんと言うのが気に入らないのは、もしかしたら、自分は母親に甘えられないという辛さがあるのではないだろうか。

「先生は、静香の味方と違うで。みんなの味方や。だから、君の味方でもあるんやで」

梢が立ち上がって、真之の顔を見た。

「このクラスであったことは、みんな先生の責任なんやからな。君らのやったことも、先生の責任でもあるんやで。先生かて、今、むっちゃ苦しいんやで」

真之はぐっと涙をこらえた。

真之の涙を見て、梢はごめんなさいと言った。真之が一方的に責めているのではないと感じてくれたようだった。真之が、お家の人に会いたいと言うと、それにも納得した。

その日の七時頃に、真之は梢の家に電話してから訪問した。梢の家は四月に行った時とはすっかり様子が変わっている。一戸建てのまずまず大きな家なのだが、車を置いていたスペースには、段ボール箱や、家具類が雑多に置かれ、家のなかも寒々としている。

インターホンは故障しているようだ。声をかけ、鍵のかかっていないドアを開けて玄関に入ると、母親が出てきた。一目見てわかるほどやつれている。

母親は、真之の話を聞き、「ご迷惑をかけました。改めて山村さんにはお詫びに伺います」と言った後、しばらく涙をこらえていた。梢は傍らでじっと黙っていた。

「あんた、静香ちゃんにちゃんと謝ったんか」

「まだ」

「どうするんや。謝るんか」

「謝る」

母親は梢に、「先生と話があるから、呼ぶまで部屋へ行ってなさい」と言って、梢を部屋から出すと、真之に向き合って座りなおした。

「あの子がそんなことしたのは、私らのせいです。先月、主人とは別れました。この家も売りに出しています」

商社マンで、去年から東京へ単身赴任していた夫が、今年の正月以降は週末や連休にも帰ってこなくなり、五月半ばには、離婚したいと通告してきたのだという。

「女の人ができてたんです。元々私との仲もあんまりいいとは言えなかったのですが、梢はかわいがってくれていました。お父さんはもう帰ってこないと言うと、梢は黙って泣いていました」

それから梢の様子が変わってしまったという。

「あの人に経済的な補償を求める必要があったのですが、もう何を言うのも嫌でした。土地家屋や有価証券を私に渡すと言われましたが、それだけというわけにもいかず、私も勤めに出ることにしたので、梢のこともあまりかまってやれなくなりました。甘えてきても、今忙しいとか、いつまで甘えてんの、お母さんの大変さがわからへんの、とか突き放してしまって」

聞いていて真之は、この母と子の辛い日々がわかった。静香が何かにつけてお母さんお母さんということへの反感もわかってきた。

翌日から真之は、いじめたグループの子らと個別に話しあい、一人一人の思いを聞き出していった。

三人の家庭もそれぞれ問題を抱えていた。一人は、兄が問題を起こし、それ以後、妹にばかり期待がかかりすぎてしんどくなっていた。また、別の子は、夫婦喧嘩が絶えず、父親が時々母に暴力をふるうということだった。もう一人の子は、父親が最近リストラされて、職探しに苦しんでいた。

真之は、四月の家庭訪問では見えていなかった、子どもたちの背負っているくらしの重さを実感した。

真之は、父母の愛情を一身に受け、のびのびと育ち、大学を出て教員になり、今、それなりに幸せな家庭を営んでいる。そんな自分には、子どもたちの辛さを受けとめてやる感性が不足していたのかもしれない。

真之は改めて、子どもたちのくらしに寄り添う教師になりたいと思った。

それぞれの子どもたちの家庭訪問を終え、改めて四人が静香に謝罪し、一応いじめ問題が収まったが、静香たちの新たな人間関係をどう作って行くかが問題だと、真之は感じていた。

間もなく夏休みが来る。二学期には当然席替えや班編成も行う。クラスの雰囲気を大きく変えるような、全員で取り組めることにチャレンジしたい。小林には音楽がある。自分がやるとすればやはりそれは演劇だろう。小宮山と一緒にやったような劇をやってみたい。だが、この学校では、学芸会や学習発表会は行われていない。自分の一存で押しつけるわけにはいかない。あくまでも子どもたちの方からやりたいと言ってくれなければだめだ。

真之は考えた。授業や帰りの会に演劇的な取り組みを取り入れたらどうだろう。小宮山たちと取り組んだ組合の劇づくりでも、エチュードと呼ばれる劇づくりのレッスンが紹介された。大げさなことではなく、ちょっとしたことでもいい。楽しんでやっているうちに、やがて本格的な劇をやりたいと言い出す子が出てくれれば、その時こそみんなで劇づくりに取り組み、学習参観で見てもらうことができる。もしかしたら、学年としての取り組みになるかもしれない。

こうして真之は次第に夢を膨らませていった。

3

その週の学年打ち合わせ会で、各クラスの子どもたちの様子を交流した時に、真之はこの間のいじめ問題を報告した。二人は熱心に聞いてくれた。

「先生すごいわ。ようそこまでがんばりはったね」

笠井の言葉に小林も続いた。

「勉強になりました。とてもそこまでできません」

真之は思った。千葉の助言がなかったら、とてもこんな風には対応できなかっただろう。改めて、千葉の経験と見識の深さに感謝したかった。

「それで先生。演劇的取り組みって、どんなことをやるんですか」

「いろいろあるよ。言葉遊びとか、身体表現とか。たとえば」

真之は、小宮山と取り組んだレッスンを、二つ三つ紹介した。

「ぼくが子どもの役になって『今日、テスト百点だったよ』と言って、子どもたちに『そう、よかったね』と返事してもらう。その時に、子どもたちに、自分の役柄を決めて答えさせるんや。お母さんの場合。友達の場合。自分のテストが悪かった姉ちゃんの場合。みんなそれぞれ言い方が違ってくるやろ」

「おもしろいですね。たった一言でも色々変わる」

小林はしきりに感心している。真之は、いくつかの方法を紹介した。

「私も一度やってみます。また詳しく教えてください」

笠井が一区切りつけたところで、打ち合わせは学期末の成績処理や、夏休みの計画に移った。会議を終えたところで、笠井がふと思い出したように言い出した。

「先生のクラスの川村信二君、うちの野田君とけんかしたそうです。野球の練習中」

「そうですか。なんでやろ」

「あの子ら元々、仲よかったそうですけど。誰かが、グラウンドの整備はおまえら補欠の仕事や、おれらレギュラーはもっと練習せなあかんのやと言うたとか」

その時、野田が、信二に箒《ほうき》を押し付けて行こうとしたので、「お前なんかおれより下手なくせに」と言って、けんかになったのだという。監督は信二を叱り、野田は責められなかったので、それ以後ますます仲は悪くなっているという。信二の荒れている姿が浮かんだ。

「川村君は、怪我でレギュラー外されて悔しい上に、ますます傷つけられているんですね」

笠井は、真之に話を聞いて表情を曇らせた。

まもなく、一学期を締めくくる、学期末の個人懇談会が始まった。子どもたちの学校での様子や成績を報告し、夏休みの過ごし方などを話すのだが、当然ながら保護者からの注文や苦情も出される。担任としては、一学期の取り組みを親に評価される場でもあった。

静香の母からは、いじめ問題での感謝の言葉があり、毎日元気に過ごしていると書いてあったが、梢の母は、「仕事があるので懇談はパスさせていただきます」と連絡帳に書いてきた。

川村信二の母は、真之の話を聞いてため息をついた。

「ご迷惑かけてますね。家でも、イライラすることが多いです。お父さんは怖いので、朝早く一緒に練習はしていますが、以前のようにやる気はないようです」

ともかく、もうしばらく様子を見守って行こうという話になったが、気がかりなことの一つではあった。

大田幸雄の母親は、都合をつけて来てくれた。相変わらず厳しい労働条件で働いているが、週に一度くらい、和歌山にいる祖母が来てくれて、部屋の掃除をしたり、食事を作ってくれたりするようになったという。

「それはよかったですね」

真之の言葉に、母親は何度もうなずいていた。

真之がずっと気にかかっていた、沖縄出身の高比良剛の母は、夏休みになったら、祖父が剛を連れて沖縄へ行くと話してくれた。

「夏休み中のプール水泳とかは、お休みさせていただくことになると思います」

母親は、あまり沖縄へ行かせたくないようだった。

「お墓参りとかされるんですか」

「いえ、あまりそういうつもりはないようです。沖縄の基地の様子や、辺野古の様子を剛に知ってもらいたいと言って」

そうなのか。祖父は、沖縄の基地問題と真剣に取り組み、子どもたちにも伝えて行きたいのだ。

「お祖父さんは、立派な方だと思います。ぼくらももっと勉強しなあかんと思います」

「ありがとうございます。でも、私はあの子を、あんまり危険な所へ連れて行ってほしくないんですけど」

母親は心配そうだ。しかし、祖父も危険な場所には行かないだろう。

「帰ってきたら、貴重な体験を作文とかに書いてほしいですね」

真之は、それをどう受け止めるかを考えていた。

夏休み目前の土曜日、真之は出勤して夏休みに向けたプリントを整え、午後は難波の大型書店へと出かけた。教育関係の本をまとめ買いするつもりだった。

買物を終えてデパートを出ると、署名活動をしているグループがいた。「沖縄の基地をともに負担しよう」と書いた横断幕を広げ、若い女性がハンドマイクで訴えている。民主的な団体や共産党などがよく駅頭宣伝しているスタイルと同じだ。

真之は立ち止まって耳を傾けた。

「ご通行中のみなさん。私たちは、大阪で沖縄の基地を引き受けようと考え行動している団体です。同じ日本人として、沖縄だけに基地の負担を押し付けるわけにはいかないと思いませんか。本土は平等に基地を負担すべきではありませんか。首都圏には横田や立川に基地がありますが、この大阪には米軍基地がありません。引き受けるなら大阪ではないでしょうか」

女性の声はよく通る。演説慣れしているようだ。

「もちろんこれは苦渋の選択です。私たちにしても、決して喜んで来てほしいと思っているわけではありません。基地など来てほしくないとお思いのみなさんが多いことと思います。でも、それと同時に、やはり日本を守るために基地は必要だとお考えのみなさんがたくさんおられるはずです。だとしたら、沖縄の人たちの思いに応えて、一緒に苦労を分け合おうではありませんか。同じ日本人として、自分たちの国を守る務めを一緒に果たそうではありませんか。どうか、署名にご協力ください」

二年前にも、同じようなことがあった。橋下市長や松井知事が、沖縄のオスプレイを八尾空港に持ってくればいいと言い出し、物議をかもした。地元の反対もあって実現はしなかったが、同じような主張だ。あの時は、ばかげた話だと思ったが、今の真之は心が揺れた。「基地が必要なら、なんで沖縄だけに押しつけずに、日本全体で負担しないのか」という高比良剛の祖父の言葉がずっと引っかかっていたのだ。

話を聞いている真之に、署名板を持った女性が足早に近づいてきた。

「お願いします」と頭を下げられた真之は、思わず署名に応じた。名前を書きながら、本当にいいのかという気持ちがちらっと頭をもたげたが、もう止めることはできなかった。

帰り道もずっと真之は考え続けていた。

4

その晩、真之は、署名のことを美由紀に話した。

「どう思う」

「署名って、一人ひとりが自分の考えでするもんでしょう。だからいいとか悪いとか言うつもりはないけど」

美由紀は、ちょっと間を置いてから続けた。

「わたしだったらしない」

「やっぱりな」

真之は、美由紀がそう言うと思っていた。家庭訪問の夜議論したように、真之にしても、共産党や全教が掲げている「安保条約廃棄」とか、「基地のない日本を」という主張を知らないわけではない。その立場からすれば、大阪に基地など認められるはずがない。

「けどな、おれはあの高比良さんの言葉がずっと引っかかってるんや。あの言葉が、署名させたんや」

美由紀は、それ以上反論しようとしなかった。もやもやした気持ちが続いていた。

「ちょっとだけ飲みますか」

美由紀が、冷蔵庫から缶チューハイを持ち出したとき、卓上のスマホが鳴った。

「はいはい」

美由紀は、すぐショートメールで返信した後、

「ちょうどええから、私のお願い聞いて」と言い出した。

「実は、ピースウエーブの人たちから、沖縄ツアーに誘われてるんよ」

美由紀の話では、大阪のうたごえ協議会で、沖縄支援ツアーが計画されており、ピースウエーブも参加する。美由紀は、子育て真っ最中で休みがちだが、学校も夏休みになるから、教員の夫さんに、真裕美ちゃんのことは頼んでみたらどうかと言われたというのだ。

「おれのことはともかく、夏休みは、普段以上に学童が忙しいんと違うか」

「それは大丈夫。三十一日金曜日から二泊三日やから、休暇取れるし」

「そうなんや」

真之は、美由紀のために、三日間がんばって留守番することは当然だと思ったが、自分も行きたいという思いが突き上げてきた。この目で沖縄を見たい。そしてもう一度しっかり考え、教育にも生かしたい。

美由紀は、そんな真之の気持ちを察したようだった。

次の晩、美由紀は、いっしょに行こうと言い出した。

「節子ばあちゃんに頼んだ。OKしてくれたから、いっしょに行こ」

「ええのか。三日間も」

「大丈夫。かえって喜んでたわ。よっしゃ。真裕美ちゃん独り占めや言うて」

確かに、真裕美は義母に懐いている。だが、そこまで無理を頼んでいいのだろうか。

「三日間もお父さん世話せんでええから言うて、めっちゃ喜んでた。あ、その代わり、お土産《みやげ》に極上の泡盛《あわもり》ともずく買うてきてなって」

そこまで言ってくれるとはありがたい。ほんとに親しみを感じさせてくれる義母だ。真之は改めて節子ママに感謝した。

「それからすごいニュースがあるんよ。小宮山先生も行くんやて」

「ええ、なんで」

「小宮山先生、年金者組合の合唱団に入ったんやて。だから行ってくれるんやて」

小宮山も行くとはすごい。二年前はいっしょに韓国ツアーに行ったが、またいっしょに行けるのだ。あの時も、ずいぶんいろんな話をして視野を広げてくれた。きっと、真之のもやもやしている気持ちもすっきりとさせてくれるだろう。

ツアーは、七月の三十一日から八月二日までだ。林間学舎も終わっているし、三十一日だけ年休を取れば行ける。

「あ、それからな。このツアーで、必ず参加者が沖縄の歌を創るんやて」

「え、どういうことや」

「うたごえ協議会として行くから、新しい曲を創作するということも課題の一つなんよ。だから、行って体験したことを、帰りには一人ひとりが歌にするんやて」

「すごいな、それは」

「な、だから、作詞して。私が曲つけるから」

そんなことができればすごいけど、自分に作詞ができるだろうか。小宮山ならいくつでも創るだろうが、自分にはとても無理だ。

「まあ、がんばってみるよ」

一応そう答えて、真之は風呂に入った。湯船につかりながら、歌を考えてみる。「沖縄を返せ」という歌があったな。「涙《なだ》そうそう」も沖縄の歌か。そんなことをあれこれ思いながら、入浴を楽しんでいた。

夏休みに入ると、すぐ五年生の林間学舎だった。二泊三日のハチ高原での生活は無事楽しく終わった。ただ、沖優香が不参加だったのは残念だった。おそらく、塾の夏期講座に追われているのだろう。

ほっと一息ついた最初の土曜日は職場教研だった。今回は川岸宅で一緒に昼食を食べながら、一学期を振り返り、成果や課題を語り合おうということだった。

川岸は、アスペルガーの子のその後について報告した。毎週一回訪問して、学校での様子を報告したり、家庭での様子を聞いたりしている。焦らずにやっていきましょうと保護者にも話しているとのことだ。

他の三人は、教材研究の話が中心だった。

真之が、いじめ問題について報告した後、「お昼にしましょう」ということになり、みんなでソーメンを食べることになった。具は、キュウリ、トマト、ハム、錦糸卵《きんしたまご》となかなかの豪華版だ。あらかじめ用意しておいてくれた川岸に、感謝の言葉が相次いだ。

「な、私はソーメンが大好きなんやけど、みんなは夏の麺類で何が好き」

川岸に答えて植村がざるうどんと言うと、江藤が、ざるそばと続け、森下は断然冷やし中華と答えた。

真之は冷麦だった。故郷の三重県では、ソーメンよりも冷麦が盛んだった。きしめんも時々食べている。

「全員好みが違うんや。おもしろいね」

川岸は、しきりに感心している。確かに、たかが麺類でも随分いろいろあるものだ。まだ他に、冷たいパスタや、韓国冷麺もあるし、稲庭うどんもある。

「毎回、順番にそれぞれの好きな麺類を食べましょか」と森下が言うと、植村は困った顔をした。

「ぼくは、作る自信がありません」

「任せなさい。毎回作ったる」

川岸の言葉に、みんな拍手した。

「そう言えば、子ども食堂って行ったことありますか」

江藤が自分の家の近くにある、子ども食堂の話を始めた。貧困対策として医療生協の八尾支部がやっているとのことで、毎週一回開いているという。

「大阪市内にもいくつかあるね。うちの校区にはないようだけど」

真之は詳しいことは知らなかったが、どんな所か見たいと思った。もしかしたら、大田幸雄のような子には支えになるかもしれない。

夏休みの研究会はこうして和やかに進んで行った。

沖縄連帯ツアーを五日後に控えた日曜日の午後、ツアーの説明を兼ねた結団式が行われた。

会場は、大阪音楽センターのあるグリーンビルだ。

地下鉄南森町を降りて、天満宮の方に少し歩いたところにある。真之と美由紀は真裕美を連れて出かけた。

帰りに、真裕美のためにおもちゃ屋に立ち寄り、いっしょに食事をして帰ろうというプランも立てていた。

会場には、二十人ほどが集まっている。真之にはあまりなじみのない人たちばかりだが、美由紀を見かけて、ピースウエーブ団長の田坂涼子がさっそく声をかけてくれた。

「美由紀ちゃんようこそ。まあ、かわいい」

田坂は、目を細めて真裕美のほっぺたをつついた。

「妻がいつもお世話になっています」

真之があいさつすると、田坂はあわててあいさつを返した。

「こちらこそ、いつも美由紀さんにはお世話になっています。夫さんもごいっしょされると聞いて喜んでました。ありがとうございます。うれしいです」

田坂は、かなりの年輩のようだが、声がとてもかわいらしい。人懐っこい笑顔も魅力的だ。ほかに三人いた団員の人たちともあいさつを交わし、いっしょに座った。真裕美はご機嫌のようすで、彼らに愛嬌をふりまいている。

「真裕美ちゃんも連れて行ったらいいのに。みんなで応援するよ」

そんなことを言う人もいるが、まさかそれはできないだろう。座り込みもするだろうし、何かあったら取り返しがつかない。

ツアー団長の立山があいさつに立った。

「みなさん。沖縄連帯ツアーにご参加、ありがとうございます。日程をやりくりし、ご家族の協力を得て、ご参加いただくには、大変なご苦労があったことと思います。ぜひ、参加してよかったと言っていただけるような実のある三日間にしたいと思います。限られた時間ではありますが、沖縄のみなさんと少しでも交流し、私たちの思いも伝えたい。歌も聞いていただきたいと思っています。そして、みんなで新たな作品を生み出していきたいと思います」

立山のあいさつに続いて、事務局から日程が説明された。

説明が終わった時、いつの間にか小宮山が来ていた。

5

いよいよツアーの日が来た。真之たちが午後一時に伊丹空港のロビーに入ると、既にほとんどの参加者が集まっていた。小宮山もいる。

「よう来たな。お二人さん」

「よろしくお願いします」

真之たちは小宮山と握手し、搭乗口へ向かった。

那覇空港までは二時間ほどだった。

沖縄は思っていたほど暑くない。大阪の方が暑いのではないか。真之はふとそんなことを思ったが、やはり日差しは強烈だ。服装は長袖が必要になる。

美由紀は、もともと日焼けを苦にしないが、さすがに警戒しているらしく、帽子をかぶり、腕も隠している。

一同はレンタルしていたバスで普天間基地へと向かった。しばらく市街地を走ると、バス停で手を振っている人がいる。

「ご苦労さーん」

立山団長が窓から手を振り、バスが停まると、白髪を短く刈り込み日焼けした人が乗り込んできた。大阪出身だが、沖縄に移り住んで運動している上原という人だ。ツアーに同行して案内役もしてくれるという。

バスの中では、早速歌が始まった。歌集を取りだしてみたが、ほとんど真之の知らない曲だ。黙って聞いているばかりだったが、美由紀は、楽譜を見ながら軽くハミングで合わせている。

まもなく最初の目的地に着いた。バスを降りて、少し市街地を歩き、嘉数《かかず》高台と呼ばれる公園の石段を高台へと上って行くと、そこは、普天間基地をまぢかに見下ろせる場所だった。

一片の雲もない青空の下、広大な敷地に、いくつかの軍用機が停まっている。双眼鏡でも持ってくればよかったと思いつつ目を凝らして見ると、どうやらオスプレイらしいものが見えた。

「まったく街のど真ん中やね」

美由紀がつぶやく。今、この場所では、特別に騒音が聞こえてくるわけではないが、きっと、戦闘機が市街地の上空を飛び交い、騒音が絶えないのだろう。

「米軍機は学校や保育園の上も平気で飛ぶんですが、絶対に飛ばない場所があるんですよ」

上原が解説してくれる。

「それは、米軍関係者の家族が住んでいる住宅地です」

「ひどい。なにそれ」

美由紀がさっそく声を上げた。

ホテルでの夕食はバイキング形式だった。真之は、小宮山と話がしたかったが、小宮山も仲間たちとテーブルを囲んでしきりに話し込んでいる。今は遠慮した方がよさそうだった。

真之は沖縄の料理にはあまりなじみがなかったが、ラフテーという豚の角煮や、ジーマミー豆腐などはなかなか美味しかった。美由紀は、焼きそばをせっせと食べている。

その夜は、食事の後、簡単に翌日の日程説明があっただけで、二人は部屋に引き上げた。真裕美のいない二人だけの夜は足早に過ぎて行った。

二日目は辺野古での行動が組まれていた。いよいよ本格的な支援行動の一日となる。一行は八時にホテルを出発し、バスで辺野古へ向かった。

キャンプシュワブゲート前には、炎天下に座り込みを続ける人たちの姿があった。座り込みの隊列は、数十メートルにわたって続いている。男性と共に女性も多く、若者もいる。仕事を休んできているのだろうか。

バスを降りた一行は座り込みの人たちに合流し、それぞれ腰を下ろした。道路の向かい側には、ブルーシートで屋根を作った団結小屋や「新基地断念まで座り込み抗議391日」と書いた立て看板が見られる。

座り込んでいる人々の表情は意外と明るい。前に立ってハンドマイクでスピーチしている人の話に、時々笑い声が起こる。厳しい緊張した雰囲気を予想していた真之は、意外な思いがした。

スピーチが一段落すると、リーダーらしい人が、ハンドマイクで一行を紹介してくれた。

「今日は大阪から、うたごえ協議会の人たちが支援にきてくれました。さっそく、大阪のみなさんの歌を聞かせてもらいましょう」

拍手の中、立山がマイクを握った。

「みなさん。連日の座り込み、ほんまにお疲れ様です。辺野古に基地はいらない。作らせないという思いを込めて、みんなで歌います」

一同は立ち上がり、立山を中心に横断幕を広げて並ぶ。美由紀も加わった。真之は座ったままだったが、小宮山に手で招かれて、傍らに立った。立山の指揮でアコーディオンの伴奏に乗って、一同が歌い出したのは「一坪たりとも渡すまい」という歌だった。真之は知らない歌だったが、小宮山は大きな声で歌っていた。

三曲ほど歌い、座り込みの人たちと語り合った後、一行はバスで辺野古の浜へ向かった。交代で船に乗り、抗議行動を行うという計画だった。

初めて見る辺野古の海は美しかった。浜辺に近いところは緑色だが、そこから青色に変わり、さらに深い藍《あい》色にと三段階に変化している。それはまさしくグラデーションの海だった。

「めっちゃきれい。まさに美ら《ちゅ》海やね」

美由紀が感嘆の声を上げた。真之も全く同感だった。大阪では見ることのできない海の色だ。こんなに美しい海に土砂を投げ込み、サンゴを破壊してしまうということがあっていいのだろうか。よしんば基地が必要だとしても、許されないことではないだろうか。

既に県民の反対を無視して、大型クレーンが建てられ、巨大なブロックが投入されており、海底ボーリング調査が行われているとのことだ。沖では海上保安庁の船が、埋め立てエリアに近づかないよう監視している。

平和丸と名付けられた抗議の船は、十人乗り程度の大きさだ。運転士と助手の青年が乗っている。

「行きましょか」

最初に美由紀たち女性六人が救命胴衣を着け、「新基地NO!」と書かれた団扇《うちわ》を手にして乗船した。

三十分ほどして戻ってきた船に、今度は真之たち男性六人が乗り込んだ。小宮山も一緒だ。六人は、甲板のベンチに向かい合って腰を下ろした。

船は、ゆっくりと動きだし、工事現場に近づいて行った。近づけるところまで行って、抗議のシュプレヒコールをする予定だった。

「この辺はサンゴがよく見えますよ」

助手の青年がそう言って、船を停めた。その時、それまで何事もなかったのに、突然大きな波が船を飲み込みそうな勢いで寄せてきた。

「うわあ、すごい」

波は船にぶつかって、甲板に降り注ぎ、真之たちはたちまちびしょ濡れになった。船は大きく揺れ、真之は甲板から転げ落ちそうになったが、あいにく掴《つか》まるものが何もない。そこへさらに大きな波が来た。さっきとは逆方向に大きく揺れた船の上で、真之はもんどりうって、海に転落した。

真之はとっさに、カッターシャツの胸ポケットに入れていたスマホを左手で取り出し、高くかざした。

救命胴衣を着けているので、沈む心配はない。真之は、余裕を持ってカエル足で泳ぎながら船に近づこうとした。だが、なかなか船との距離が縮まらない。

ようやく船べりに近づいた時、船からロープが投げられた。真之は右手でそれをつかみながら、船上の小宮山にスマホをわたし、ようやく引き上げられた。真之以外にも転げ落ちた二人がほぼ同時に引き上げられた。

「大丈夫か、まーくん」

小宮山が心配そうに声をかけてくれた。幸い夏の海なので、ぬれても寒くはない。だが、ポケットの中の定期入れや、手帳はすっかり水浸しになってしまった。

「すみませんでした。我々の責任です」

運転士の男性が謝罪の言葉を述べた。

「みなさんが冷静だったのでよかったです。無事で何よりでした」

船はすぐ戻され、転落した三人はバスに乗って、着替えを済ませ、濡れたズボンやシャツは岸壁で乾かすことにした。

最初は心配顔だった美由紀は、短パンとランニング姿の真之が元気と分かると、早速軽口をたたいた。

「辺野古の海はきれいだから、水もおいしかったやろ」

真之は苦笑した。一応水泳は得意だから、水は飲んでいない。それにしてもこんな体験をするとは思いもよらなかった。

「やはり着衣水泳って大事やな。二学期のプール指導でやろかな」

「さすがプロの教師やね。たいしたもんや。考えることが違うわ」

二人の会話を聞いて周りの人たちも笑った。

「こんなことは今までなかったんですが、突然の波にこれから気をつけて行きます。ほんとに申し訳ありませんでした」

運転士は頭を下げてくれた。

6

抗議船を出すのは、ひとまず取りやめ、少し休憩してから、一行は近くのレストランで昼食を取り、バスで高江に向かった。まだズボンは乾いていないし、靴は湿ったままだが、仕方がない。手帳も使い物にならなくなったが、まあ諦めるしかない。

バスの中では、上原が高江のヘリパッド移設反対闘争についてレクチャーしてくれた。

「これから行く高江は、やんばると呼ばれる森がある、自然豊かなところです。水資源も豊かです。天然記念物や絶滅危惧種の貴重な生き物がたくさんいるところでもあります」

上原は、森の素晴らしさを詳しく述べた後、米軍がヘリパッドを移設するに至った経過を説明してくれた。

「二〇〇七年三月に、とうとうヘリパッドの一部着工が決まってしまいました。それから、高江のみなさんは、建設を許さないための座り込みを始めたのです」

美由紀は熱心にメモを取っている。辺野古といい、高江といい、どうしてそんなに自然を破壊してまで基地やヘリパッドが必要なのか。真之はふと、あの大阪での署名を思い出した。少なくとも沖縄にばかり負担をかけてはいけないという気持ちが湧いてきた。

ほどなくバスは高江に着いた。大きなテントの前には、青い布に、虹色の刺繍《ししゅう》を施した横断幕があった。ありがとうやんばるの森、TAKEと書かれた横断幕をはじめ、いくつかの立て看板が置かれている。

一同は、座り込みテントの中へ案内された。パイプ椅子が、全員座れるくらい並んでいる。立山団長が、カンパと寄せ書きをわたした後、地元で座り込みを続ける大東という元高校教員の男性から説明を受けた。

「完成した二つのヘリパッドから、深夜までオスプレイが飛び交っています。すごい騒音で睡眠不足になる人、耐えられなくなってこの土地を離れた人。それなのに、あと四つもオスプレイパッドを建設しようとしているのですから、絶対に許せません。地元の私たちだけでなく、沖縄全体に水を供給している豊かな水がめを汚染の危険にさらすという大問題もあるのです」

大東は、話の最後を次のように締めくくった。

「大阪のみなさん。今日は本当にありがとうございます。みなさんのくらしておられる大阪でも、維新の会のひどい政治が行われていると聞いていています」

大東は言葉を切ってみんなの顔を見た。

「みなさん。大阪で選挙に勝ってください。沖縄では、知事選で勝ち、翁長《おなが》知事になりましたが、国の政治を変えない限り、基地はなくなりません。大阪でも、東京でも、日本のどこでも選挙に勝って、この政治を変えてください。そうすれば基地をなくせます。それが私たちへの最大の支援だと思います」

真之の胸に、何か突き刺さる言葉だった。


その晩、ホテルの部屋を小宮山が訪ねてきた。

「今日は災難だったな。少し飲むか」

真之と美由紀は、小宮山の持ってきた缶チューハイで乾杯した。小宮山は、日本酒の小瓶も持っている。

真之は、大阪での署名のことを話し、小宮山の意見を求めた。

「あの署名はまちがっていたんでしょうか」

小宮山は首を横に振った。

「君が、沖縄の人たちの苦労を分け合おうとした気持ちは正しい。なにもまちがっていないと思う」

「ほんまですか」

真之は少しほっとした。しかし、依然として気持ちは引っかかっていた。

「ただな。まーくん。沖縄の人は、必ずしも、基地が他に移りさえすればいいとは思ってないんと違うかな」

「はい」

「普天間基地を早くなくしてほしいと思っている人も、辺野古の人が引き受けてくれたらいいとは思っていない。そういう気持ちの人がたくさんいる」

「そうかも」

美由紀が言葉をはさんだ。

「今日のお話ですね。日本中どこでも勝ってほしいという」

小宮山はうなずいた。

「まさにそれや。日本中どこでも選挙で勝って、日本から基地をなくすんや。それが、沖縄でたたかっている人の本当の願いなんや」

確かにそうだ。真之にもすっきりと納得できる。

「こんな言葉聞いたことないか。痛みは分けあうんやのうて無くすもんやと」

小宮山は、ぐっと日本酒を飲み干した。


翌日は、沖縄戦の激戦地だった伊江島にわたり、沖縄のガンジーと呼ばれた阿波根昌鴻《あはごんしょうこう》の建設した資料館「ヌチドゥタカラの家」を訪ね、館長から話を聞いた後、みんなで沖縄の歌をいくつか歌って交流した。

こうして三日間の予定を終え、帰途に就く空港の待合室で、真之は、スマホにせっせと詞を打ち込んだ。それは「沖縄の海と空」というタイトルの詞だった。三日間がんばり、小宮山と語り、すっかり爽やかになった真之の心に、詞が生まれ出ていたのだった。大阪に帰るまでに完成させようと思っていた。


沖縄から帰った夜、二人は久しぶりに真裕美を抱っこし、義母にお土産を渡した。泡盛、もずく、ちんすこうなどの沖縄土産に、節子ママは満足そうな笑顔を浮かべてこう言った。

「もう、真裕美ちゃんとお別れするの寂しいわ。このまま連れて帰りたいけど、仕方ないね」

義母は、今夜は泊まっていったらと言う二人の言葉を振り切って、帰って行った。

「祖父ちゃんも淋しがってるからね。私も逢いたいし」

それはまんざら嘘でもなさそうだった。

真裕美が寝た後、コーヒーを淹れて、二人は沖縄の思い出を語り合った。辺野古の海の美しさ、高江の森の深さ、伊江島での一日も思い出に満ちている。

「なあ、どんな詞を書いたの」

「まだ未完成だけどな」

真之は、スマホに打ち込んだ詞を見せた。

「沖縄の海と空っていうんや」

「見せて」

真之がスマホを渡すと、美由紀は読み上げた。

沖縄の海と空　高橋真之

沖縄の海が叫ぶ
投げ込まれるコンクリート
傷つく珊瑚《さんご》
追われるジュゴン
いのちを育む海が
怒っている

沖縄の空が叫ぶ
我が物顔のオスプレイ
切り刻まれた
やんばるの森よ
いのちを見守る空が
怒っている

沖縄の海よ空よ
生まれ育った大地よ
こみ上げる思い
つなぎあう手と手
取り戻す日が来るまで
放しはしない

美由紀は二回繰り返して読み、メロディーを付けて口ずさんだ。

「素敵やん。私、絶対作曲して売り込むわ」

真之は、大いに満足だった。

第五章　夏を駆ける

1

翌日、真之は出勤し、パソコンに向かって溜まっていた書類などの仕事を片付けてから、校区に出かけた。

校区内巡視を兼ねて、何軒か家庭訪問するつもりだった。優香の家には、林間学舎の後、一度様子を見に行きたかったし、大田幸雄の家も覗いておきたかった。

優香は、夏休みに入ってからのプール水泳には全く来ていない。林間学舎と同じく、参加は強制ではないが、やはり気になる。受験勉強だけやっていたのでは持たないと思うのだが、親は「強制していません。本人の意思です」の繰り返しだ。

優香の家を訪問すると、予想通り塾の夏期合宿に出かけていた。お盆の三日間だけは休みを取るようにしているとの話で、聞いている方の息が詰まりそうだった。

幸雄は家でテレビを見ていた。クーラーはあるのだが、つけていないので、部屋の中はかなりの暑さだ。おそらく節電なのだろう。

「図書館にでも行ったらどうや。涼しい所で宿題もできるぞ」

真之がそういうと幸雄はうなずいた。

外に出て、少し自転車で走ると、高比良剛の家がある。予定はしていなかったのだが、祖父に会っていこうと思い立った。剛はいなかったが、ちょうど帰って来た祖父に会うことができた。

「どうぞ上がってください」

客間に通された真之が、沖縄連帯ツアーに行ったことを話すと、祖父は驚きの表情で、居住まいを正した。

「先生が、沖縄へ行ってくれたんですか。辺野古や高江に。そうですか」

「はい。とても勉強になりました」

真之は、カバンからくだんの詞を取り出した。

「下手な詞ですが、私が沖縄で感じた気持ちを書いたものです」

祖父は、何度もうなずきながら詞を読んでくれた。

「ありがとうございます。先生のお気持ちが私の胸に響いてきました」

祖父はその後、驚くことを言い出した。

「この詞を、私、筆で書いて、家に飾らせていただきます」

「ええ、そんな、お恥ずかしい」

「いやいや、先生への感謝の気持ちです」

真之は、黙って頭を下げた。


その日の夕方からは青年部の会議だった。真之が会議室に入ると、遠藤がすぐ声をかけてくれた。

「まーくん、沖縄へ行ってたんやろ。お疲れさん」

「はい、貴重な体験でした」

「私たちもツアー組みたいと思ってるんよ。あとで詳しく報告して」

高比良の祖父とのこともあり、真之は、ちょっと誇らしい気持ちだった。

会議は、まず、原水禁大会に行く遠藤と小坂の壮行で始まった。大教組青年部は、毎年、広島や長崎に代表団を派遣しており、全市教からも必ず誰かが参加している。

続いて、山城全市教委員長が、戦争法を巡る情勢を紹介した後、教科書問題を詳しく報告した。

「歴史を偽る教科書を採択させてはいけないと、全市教は、出版労連や新婦人のみなさん方と協力して、取り組んできました。七月十七日には、教育を守る市民のつどいを開催しました。台風の最中大変でしたが、何とか集会をやりとげることができました」

その集会は真之も知っていたが、台風も来ていることだし、まあいいかと行くのをやめてしまった。コントや講演が盛りだくさんで、とてもいい会だったと遠藤からも聞かされ、悔やんでいたのだ。

「それを出発点に、教育を守る市民会議を結成して共に運動してきましたが、いよいよ、採択の日が明後日に迫ったようです。不当にも市教委は、これまで日程を明らかにしてきませんでしたが、情報によるといよいよ明後日に採択することを決めたようです」

ざわめきが起こった。

「市教委は、静かに会議のできる会場を確保すると言って、会場を市役所ではなく教育センターに移して、一気に採択しようとしています。ぜひ多数の傍聴で見守りたいと思います」

これに関連して、中心になって取り組んできた緒方が発言した。

「我々も市民会議のみなさんと、何回か教科書を閲覧する会を持ち、絶対に育鵬社の教科書を採択しないようにと、積極的にアンケート用紙を出してきましたが、日本会議などを中心に、育鵬社の教科書を採択させようと、相当数のアンケートが組織されたようです」

ここで山城委員長が言葉を挟んだ。

「関連企業が動いてるんです」

関連企業とはどういうことだろう。育鵬社の関連なのか。

「育鵬社は、フジサンケイグループの出版社です。フジ住建という会社の社員が、動員されてサンプル通りの文章を書かされているという告発があります」

それも真之は初めて聞く話だった。そんなことまでやって教科書を採択させようというのか。

緒方が続けた。

「委員長が言われたような状況です。大阪では、既に東大阪市が前回採択されてしまいましたが、今回、大阪市全域が一括採択される危険があります」

「現場の声はどうなんですか」と言う声が上がった。

「現場は良識的な判断をしていると思います。育鵬社などがいいという意見はそれほど上がっていません。しかし、市教委は、結論ありきで、現場の声を無視する危険性があります。最後までがんばりますので、みなさんもぜひ、傍聴に来てください」

真之は、中学校の教科書問題にあまり注目してこなかったことを少し後悔していた。実のところ、育鵬社の社会科教科書がどのようにひどいのかも、十分わかっていない。まさかあの侵略戦争が正義の戦争だったとまでは書いていないだろうが、慰安婦問題や南京大虐殺などの、大きな政治問題となった事実を覆い隠そうとしているということは聞き及んでいる。もちろんそれ以外にも、様々な問題点があるのだろう。

戦争法の問題。沖縄の基地。教科書採択。どれもこれも、安倍政権の下で強引に進められている事ばかりだ。国民は、なぜそんな政権を支持するのだろう。

会議が終わって、遠藤たちと駅に向かって歩きながら、そんな話をすると、遠藤がすぐに答えてくれた。

「わかるわ、その気持ち」

遠藤は、しばらく考えてこう言った。

「けどな、私も、教員になるまでは全くノンポリやった。まーくんかてそうやろ」

「そうですね」

真之が、革新的な立場に接近したのは、小宮山の影響だ。それまでは、君が代を卒業式で歌うことにも、何の抵抗もなく、なぜ反対する人がいるのかも理解できなかったのだ。

「だから、人間は変わるものなんよ。国民を信じてがんばるしかないよ」

遠藤は、真之の肩をポンと叩いた。

2

八月五日、教科書採択の日が来た。真之は、思い切って年休を取り、採択の会場に出かけた。

傍聴者の席として用意された教育センターのホールに入ると、百人近い人が座っていた。教育委員会会議は、図書室で開かれるとのことで、ホールの正面スクリーンにその模様が映し出されるのだ。まさしく、絶対に雑音が入らないようにしようという体制だ。

定刻になるとスクリーンに会議の様子が映り、一通り教育委員が発言したが、育鵬社以外の教科書を推した委員は一人だけだった。大林教育委員長がまとめの発言を行った。

「育鵬社の教科書を採択したいと思います。なお、補助教材として、帝国書院と日文の教科書を活用することを付帯決議としたいと思います」

あまりにもあっけなく会議は終わった。あらかじめ教育委員長の意向で結論は決められているということが感じられた。

真之が外に出ると、横断幕を広げて、市民グループの人たちが抗議のアピールを始めていた。「大阪市民は許さない。戦争美化と憲法改悪。教科書採択」といった文言が書かれている。

山城委員長がマイクを握った。

「ご通行中のみなさん。私たちは、戦争美化の教科書を子どもたちに渡さない市民会議です。教育現場や市民からの声を無視し、ただいま、教育委員会会議で、歴史を偽り、戦争を美化する育鵬社の教科書が採択されました。強く抗議するものです。同時に、私たちの声を、市民や父母のみなさん方に十分お届けできなかったことを反省し、引き続きこの教科書の問題点を訴えて行きたいと思います」

山城の言葉を聞きながら、真之は、これまであまり関心を持たなかったことを反省した。だが、一方では、自分たちの生活があまりにも忙しすぎる。そう何もかも首を突っ込んでいられるものではないとの思いもあった。

青年部の会議では、戦争立法の問題も強くアピールされたし、反対運動も活発になってきている。この夏、運動がいっそう求められるだろう。果たして、学級の仕事と両立させていけるのだろうか。

その日の帰り道、真之は小宮山にメールを打った。今の気持ちを伝えようとしたのだが、うまく書けず、お会いしてゆっくりしゃべりたいですとだけ書いた。

小宮山からすぐ返信が来た。

「ちょうどよかった。南部小学校で卒業させた子どもたちがお盆の頃集まろうと言ってきた。君のクラスの子にも声をかけると言ってくれてるから、君にも連絡が行くと思う。ぜひ来てくれ。いっしょに語り合おう」

懐かしい南部小学校での卒業式が浮かんできた。子どもたちに会いたいと心が弾んだ。

その晩、真之は、組合のニュースや、「しんぶん赤旗」を引っ張り出して読んでみた。教科書問題や、政治の動きをもう少し勉強しようと思ったのだ。

　真之が新聞を読んでいると、寝かしつけた真裕美の傍らで、しきりにスマホを見ていた美由紀が話しかけてきた。美由紀はこのところSNSに熱心で、いろんな情報を収集してはしゃべりたがる。

「この議員、ほんまにひどい。無茶苦茶言うてる」

　美由紀が見せてくれたのは、自民党の若手議員のネット発言を紹介した記事だった。あまりにひどいので、批判が殺到して炎上しているとのことだ。

　それは、ひと言で言えば、戦争に行きたくないというのは極端な利己主義だという主張だった。この議員は、戦争法に反対して活動しているシールズという学生集団を「だって戦争に行きたくないじゃん」という自分中心の考えだと非難しているのだ。

「日本は憲法九条を持ってる国やろ。戦争は嫌だとか行きたくないということが、なんで非難されなあかんのよ」

　まったくその通りだ。

「第一、一生懸命デモに行ってる人たちが何で利己主義なんよ。一番利己的でない学生たちやんか」

　それから二人は、しばらく話し合った。

「これは自民党も困ってるんと違うか」

　真之がそう言うと、美由紀はしきりにうなずいた。

「ほんまやね。安保法制は戦争をするためではないと言うてるのに、戦争は嫌だという人を攻撃するんやから、実は戦争ができるようにする法律だと認めたようなもんやね」

　美由紀は以前にも、日本が徴兵制になるのが心配だといった。この議員のような考えが本音なら、いずれ徴兵制も出されてくるのかもしれない。それが嫌な奴は利己主義だとか愛国心がないとかいうキャンペーンをはって来るのではないだろうか。

「一度国会デモへ行ってみたい」

「行ってもいいよ。おれ、子守りしとくから」

　そう答えながら、真之は、これから、自分たちも戦争法反対の闘いに突っ込んでいくことになるのだろうと思った。

「それにしても今年はすごい年やな。選挙に住民投票に、戦争法」

「その後市長選もあるよ」と美由紀がつぶやいた。

そうだった。秋には知事選と市長選のダブル選挙もあるのだ。政治的な課題ばかりやってられるかと思うが、かといって無視することはできない。

「あ、それから、もうじき沖縄支援を目的とする合唱団が結成されるんやて。ピースウエーブからも、ぜひ参加してくれと言われてる」

「君も参加するんか」

「もちろんでーす」

真之は、美由紀の行動パターンが暴走に思えてきた。

3

まもなく南部小での同窓会案内が届いた。八月十六日の日曜日、学校の多目的室を借りて、昼食を食べながら、語り合おうという計画だった。

真之たちが卒業させた子は中三になっている。クラブ活動や受験で大変な夏だろうが、よくぞ集まる気になったものだ。だからこそ、小宮山の顔でも見て、気楽にしゃべれるひと時が欲しかったのかもしれない。子どもたちの大多数は、地元の中学校へ進んでいるが、中には私学や転居した子もいる。彼らにとっては久しぶりの再会だ。

真之が校門をくぐると、世話役の子どもたちが迎えてくれた。真之のクラスでしっかり者だった上村真美もいる。

「高橋先生。ようこそおいでくださいました」

すっかり大人びた真美がていねいにあいさつしてくれた。

「おう、真美ちゃん。きょうはありがとう」

横には、中学受験で苦しみ、ひきこもりなどの抵抗を示して、結局地元の中学に行った若井浩二もいる。

こうして世話役までやっているということは、元気なのだ。よかった。

「若井くん、久しぶりやなあ」

真之は握手し、肩を叩いた。

「先生、また碁やりましょ」

そう言えば、浩二と碁を打ったことがあった。なかなか手強かった。


会場に入ると、二十人近い子どもたちがいた。小宮山もすでに正面に座っている。真之のクラスだった岩崎茂や、一時期不登校だった水野千春もいた。いずれも思い出深い子どもたちだ。真之は何かしらこみあげてくるものがあった。

世話役を代表して、小宮山学級でリーダー的存在だった大川隼人があいさつに立った。

「小宮山先生。高橋先生。今日はぼくたちの計画した会に来ていただいてありがとうございます。理科を教えていただいた三輪先生にもお知らせしたのですが、ご旅行中ということで、今日は不参加です。それから、谷口先生は、残念ながら、ぼくたちが卒業した後、ご病気で亡くなられたので、今日は黙祷《もくとう》したいと思います。みなさん、立ってください」

この学年で、音楽専科と学年主任を務めた谷口高子は、胃がんのため卒業式の後休職し、一年後に亡くなった。小宮山や真之と意見は違うが、教育熱心ないい人だった。

一同が黙祷した後、大川のあいさつが続いた。

「今日、この会を計画したのは、小宮山先生が退職されたので、一度みんなで集まりたいと思ったからです。あとは、何も決めていませんので、みんなで自由にしゃべってもらって、楽しく過ごしたいと思っています」

大川のあいさつが終わると、真美が立ち上がった。

「そしたら、私が司会させてもらいますので、一通り、みなさんにしゃべってもらいます。小学校の思い出でも、中学へ行ってからがんばっている事でも、何か今腹立っている事でも、なんでもけっこうです。よろしくお願いします」

真美の言葉の後、みんなは順番に発言した。小学校でウィリアム・テルの劇をやった時、突然病気で休んだ子の代役で、代官ゲスラーの役を務めた吉竹純一が、思い出を語ると、がぜん会場は盛り上がった。真之が新任で四年生を担任した時、転校してきてさんざん反抗したが、家庭訪問をきっかけにしてなじんでくれるようになった西村タケシも発言した。

「あの時、先生が謝ってくれたのが心に残っています」

そんなこともあった。

小宮山が、真之の知らない色々な細やかさを、子どもたちに示していたこと、励ましの言葉を与えていたことなども、次々語られた。改めて小宮山への尊敬の念が深まった。

だが、中学校の生活については、重い話が多かった。

「一年中テストばっかしで、しんどいし、楽しいことがないです」と一人が発言すると、「ほんまや」「ムカついてる」と言う声があちこちから起こった。

部活動については、楽しいという子と、しんどいという子が半々だった。

「部活動は楽しかったけど、土日もつぶれるのはちょっと嫌でした」

この発言にうなずく子も多かった。

「小学校の時は、先生が私らの言うことをよく聞いてくれたけど、中学ではあんまり、思っていることを言えなくなりました」

「カバンの中身ひっくり返して見られたのが嫌でした」

この発言もうなずく子が多かった。

もちろん、中学校にも、小宮山や千葉のように、生徒に寄り添ってくれる教員もたくさんいるだろう。だが、テストテストの連続で、クラブも勝利至上主義で締め付けられている現状では、なかなか生徒の思いに目を向けられないのではないだろうか。

小宮山もじっと考え込んでいた。

昼食に用意されたお弁当を食べ、小宮山相手に集団じゃんけんで遊んだあと、感謝の寄せ書きが二人に渡された。

「最後にみんなで『明日への坂道』を歌いましょう」

真美のリードで、みんなは歌い、なごやかに会は終わった。小宮山は、一人一人と握手を交わし、帰って行く子どもたちを見送った。

一応は解散したのだが、二次会をやりたいという雰囲気で、小宮山を囲んで近くのファミレスに八人の子どもたちが集まった。真美も加わっている。

店に入って座ると、「ここは一丁ぼくに任せてくれ」と言う小宮山の一言で、みんなはいっせいに歓声を上げた。「さすが小宮山先生」「太っ腹」と口々に言いながら、かき氷やフルーツパフェを注文し、にぎやかに喋り出した子どもたちは、すっかり小学生に戻っている。

親しいものばかりということで、かなり一学期の成績や進路の話も飛び交っていたが、小宮山が、隣に座った片山信吾に話しかけると、だんだん二人の話にみんなも集中し出した。片山は、卒業後すぐ、家の都合で、中河内市に引っ越している。みんなとは久しぶりの再会だった。

「信吾君のことやから、一学期の成績もばっちりやったやろ」

「社会科がだめでした」

「社会科、よかったやんか。歴史も好きやったし」

片山は首を振った。

「どうしてや」

「期末テストをきっかけに嫌いになりました」

それは「戦後の日本が平和だったのは、何によるものか。二つ書きなさい」という問題だったと言う。

「なんて書いたんや」

「小学校で習った通りです。憲法九条と国民の平和への努力と書きました」

「その通りやんか」

「でもバツでした」

向かい側にいた子が言った。

「正解は、自衛隊と安保条約です」

なんと一方的な答えだ。それが中学の社会科なのか。

小宮山が尋ねた。

「そうか。片山くんとこの教科書は育鵬社やな」

「はい。教科書に書いてあることをしっかり読まんかと言われました。それから社会科はやる気がすっかり落ちました」

真之は聞いていて、体が震えるような気がした。なんということだ。教科書が変われば、そこまで教育が支配されるのだろうか。小学校では、日本国憲法が、平和を願う国民から歓迎され、七十年以上支持されてきたことを、きちんと教えることができたのだ。小宮山は、立憲主義ということもわかりやすく教えていた。

「君にそんな思いさせたのは、ぼくら教師の責任や。すまんな。君の考えはまちがってない。高校に行けば、また本当のことがわかる。腐らんとがんばってくれ」

小宮山は辛そうだった。教科書採択がいかに大事かを思い知らされた瞬間だった。

家に帰るとすぐ、遠藤からメールが来た。

「教科書問題をこのまま終わらせず、市民といっしょに考えて行こうということで、『育鵬社の教科書を読む会』を立ち上げることになりました。高橋先生もぜひご参加ください。第一回は八月最後の土曜日に行います」

行こう。真之はすぐそう思った。小宮山も来てくれるかもしれない。いっしょに学びたいと思った。

4

お盆が過ぎ、真之が出勤すると、石浜直樹の母百合子から来た手紙が、職員室の机に置かれていた。

何かあったのだろうかと思って見ると、それは、学校の近くにオープンされた子ども食堂へのお誘いだった。きれいな文字で書かれている。

「医療生協の地域支部が中心になって、このほど、子ども食堂を立ち上げました。いつも、子どもさんたちのくらしに、心を寄せていただいている先生に、ぜひ一度来ていただきたいと思って、お手紙を差し上げた次第です。私も子どもを連れて行きますので、もし、ご紹介いただければ、他のお子さんも一緒に連れて行こうと思います」

手紙には、子ども食堂のチラシが同封されていた。

職場教研の時に、江藤が言っていた子ども食堂とはどんなところだろうか。行ってみたい。毎週金曜日の夕方五時からとある。今週金曜日は戦争法反対の宣伝行動もあるが、ともかく行ってみよう。とりあえず、大田幸雄に声をかけてみようと思った。

金曜日の夕方五時前に、真之は子ども食堂を訪ねた。沖優香の家の近くの公園から、少し歩いたところに、医療生協の事務所がある。そのすぐ隣の民家が子ども食堂だった。普通の古びた家だが、表には、造花で飾られたホワイトボードが置かれ、「本日オープン、子ども食堂」とマジックで書かれている。食べ物や、笑顔の子どものイラストも添えられていた。

「お邪魔します」

玄関を入ると、エプロン姿の百合子が出てきた。

「先生、ようこそ。どうぞおあがりください」

食堂は、二部屋のふすまを外した一六畳分ぐらいのスペースの部屋だった。長机といすがコの字型に並べられた二十席に、十人の客が来ていた。親子連れの様だが、高校生くらいの子どもたちもいる。台所に居た直樹と妹も出てきてあいさつした。

「先生、ほんとにようこそおいでくださいました。どうぞ、今日はゆっくりお食事をしていってください」

百合子は、ここのスタッフらしいが、いったいどういう立場なのだろうか。仕事が忙しいのではないのか。真之が尋ねると、彼女は詳しく説明してくれた。

「私の勤めている施設の所長が、この食堂にたいへん協力的なのです。資金も援助しているようです し」

そんなわけで、食堂のある日は、出張同然の扱いで、ここに来て仕事を手伝っているのだという。もちろん子どもたちも一緒に連れてくるのだ。

「そうなんですか。いい所長さんですね」

「はい。介護のこともそうですが、子どもの貧困や、社会的に弱い立場の人を少しでも支える力になりたいと、かねがね言っておられます」

そういうところで働いているから、この人はあの集会にも来てくれたのだと分かった。

「実は、今日、大田君という子を誘っていたのですが、今日はおばあちゃんが来るから、またにしますと、お母さんが言われまして」

そんな話をしているうちに料理が運ばれてきた。主菜は大きな手ごねハンバーグだ。トマト、キュウリなどのサラダと、焼いたカボチャが添えられている。それに茄子《なす》のみそ汁とご飯がたっぷりという献立だ。

「お値段の方は」

「お子さんは無料。大人の方は三百円いただいてます」

「そしたら、もちろん持ち出しですね」

「はい。医療生協がある程度負担してくれて、お米や野菜も、いろいろカンパしていただいてます」

スタッフは、毎週交代で、地域の医療生協や新婦人の人たちがボランティアで来てくれているとのことだ。

「この建物はどうしたんですか」

「詳しくは聞いていないんですけど、家主さんが協力的で、わずかな家賃で提供してくれてるそうです。住む人がいなくなったからとおっしゃって」

ほんとに善意の人たちで支え合っているのだ。弱い立場の人に冷たい国の政治と比べて、何という温かさだろう。

みんなは楽しそうに食べている。笑い声がする。

「どうぞ先生もあがってください」

「いただきます」

真之は食べながら思った。ぜひ今度は大田幸雄を連れて来よう。他のクラスにも、困っている子がいたら声をかけてもらおう。そんな思いで心が弾んだ。

食事の後、スタッフの人たちにも紹介され、真之が食堂を出た時は、すっかり日が暮れていた。

公園沿いに歩いていると、少し前方を女の子が歩いていた。後姿が沖優香に似ている。優香の家はこの近くだ。声をかけようか。真之は足早に近づいて、はっとした。帽子に「死ね」という文字が見えたのだ。

真之は思わず足が止まった。女の子はそのまま歩いて行く。後を追おうかと思ったが、行けなかった。

真之は歩きながら考えた。間違いなく優香なのか。人違いかもしれない。声をかけたら、不審者と思われたかもしれない。そんな風に自分を納得させたかった。

だが、もし優香だったら、なぜあんなことが書かれていたのだ。またしてもいじめが発生したのだろうか。

しかし、今は夏休みだし、優香は友だちとほとんど今、かかわりを持たない。もし帽子に誰かが落書きしたとすれば、それは塾か何かの関係だろう。

もう夜だし、家庭訪問したりするのはやめよう。夏休みの終わりに、一度訪問してみよう。真之はそう自分を納得させて、駅に向かった。だが、正直なところ、優香の母親とはなかなか話し辛いというのが本当の気持ちだった。

家に帰ると、美由紀が待ち構えたように話しかけてきた。

「お疲れさん。なあ、明日いっしょに行ける」

一瞬なんのことだか分からなかった。

「行ってくれるやろ。ちばらーやー結成式」

「なんやった、それ」

「沖縄と連帯する合唱団ちばらーやーが結成されるの。言うてたやろ」

「ごめん、忘れてた」

そんな話もあったと思い出したが、自分が行くとは思っていなかった。

「私らの曲も歌ってくれるんやて。な、行くやろ」

「うん」

明日は戦争法の駅宣もある。行かずに二学期に備えて仕事をするつもりだったのだが、しかたがない。

翌日午後、二人は真裕美を連れて、車で会場のクレオ大阪ホールへ向かった。今日は美由紀が運転するというので乗せてもらったが、なかなか落ち着いている。安全運転しているのがよくわかるが、時には後ろからクラクションを鳴らされることもあるという。

「制限時速て書いてあるけど、無視して走らないとかえって危険なんよ」

困ったものだ。保育所の送り迎え以外には、あまり車を運転しない真之は、時々人に乗せてもらうが、運転すると途端に人格が変わるのではないかと思ったことがある。

5

「合唱団ちばらーやー」は沖縄ツアーに参加した八名が中心になって結成されたとのことだ。団長の立山があいさつした後、沖縄に連帯する創作曲が次々と紹介された。最初の曲は「いのちの海よ！　永遠に」だ。

……聞こえますか　心にとどいていますか
ジュゴンの声が　いのちの叫びが
探しもとめて　たどりついた海で
草原の中で　人魚のように舞う
サンゴの海に抱かれ　生きるあなたは
大切な地球の　地球の宝
ありがとう　ゆたかな海よ
ありがとう　いのちの海よ　（作詞　鬼崎良弘）

続いて、「希望のみちへ」「うりずんの海　沖縄は屈しない」「やんばる想い出の丘」などの創作曲が演奏された。さすがにどれも素晴らしい。真之は紹介された自分の作詞が少し気恥ずかしくなった。

美由紀は、楽しそうに伴奏している。すっかりこの合唱団になじんでいるようだ。

合唱団は、沖縄に連帯する歌を中心に、府下各地でコンサートを行い、ＣＤも作って、沖縄連帯カンパに役立てるのだという。ピースウエーブ以外に、この合唱団にも加わるという美由紀は、ますます飛び歩くことになる。もしかしたら、土日は、いつも真裕美と留守番になるのだろうか。それはいくらなんでも困る。自分も色々都合があるし、いつもいつも節子ママのお世話になるわけにもいかないだろう。

そんなことを考えていると、真裕美がぐずりだした。

「ああ、よしよし」

真之は、真裕美をあやしながら、会場を出た。

空腹ではないはずだから、多分おむつを換えればいいのだろう。眠いのでぐずっているのかもしれない。ここは美由紀に頼るわけにはいかないと思いながら、真之はあやし続けた。あやしてもあやしてもますます不機嫌になり大声で泣く真裕美に、真之は困り果てた。

幸い休憩になり、美由紀が来てくれて、ロビーで寝かしつけてくれたが、真之は、すっかり心細い気持ちになっていた。自分はまだまだ父親半人前だ。留守番が続いたら、どうなるだろう。

「今日はお疲れ様。ありがとう」

帰りの車で、真裕美はぐっすり寝ついていたが、真之はあれこれと先のことを考えていた。


翌日の日曜日は、「育鵬社の教科書を読む会」の日だった。やりたいことも多くあったが、思い切って真之も参加した。

天王寺駅近くにある生涯学習センターの一室を訪ねると、およそ二十人が集まっていた。会の中心になっているのは、元中学社会科教師で、退職後、バンクーバーに行って、日本国憲法を語り合い、国際交流などにも取り組んできた岩上美知子という人だった。

岩上が、軽やかな口調で自己紹介した後、参加者全員が自己紹介した。半分以上が現役と退職教員だったが、新婦人などの女性団体や、文学団体の会員という人もいる。遠藤と緒方も参加していた。

岩上が会の進め方について提案した。

「これからまずは歴史教科書について読んでいきたいと思いますが、今日は一回目ですので、みなさんが、この教科書を読まれて、気になったことや、詳しく考えてみたいということを自由に出しあいたいと思うんです。そうやってお互いの問題意識を知りあった上で、ごいっしょに読んでいきたいと思います」

岩上の提案を受けて、順次、参加者は発言した。

まず、七十五歳になるという女性が、「教育勅語」の取り扱いについて発言した。

「教育勅語は、戦後の国会できっぱり廃止されたものですよね。一旦《いったん》事あれば、命を投げ出して天皇のために尽くしなさいということを叩きこんだものですから、廃止されて当然だと思います。この本ではどう書いているかと思って読みました」

女性は教科書の百八十五ページを読み上げた。

「教育勅語は、親への孝行や友人どうしの信義、法を重んじることの大切さなどを説きました。また、国民の務めとして、それぞれの立場で国や社会のためにつくすべきことなどを示し、その後の国民道徳の基盤となりました。と書いているんです。これだったら、何にも悪くないですよ。一番肝心のことを隠しているのはひどいなと思います」

続いて、中学校の教員という男性が発言した。

「ぼくは国語の教師で、社会科ではありませんが、勉強しようと思ってきました。まだ、ていねいに読んでませんけど、十四ページの歴史絵巻というところにいきなり神武天皇が出てきます。古事記に載ってると言うつもりやろけど、神話と事実がごっちゃになるんと違うか思いましたね」

隣に座っていた緒方が発言した。

「ぼくは、近代史を中心に読み込みました。日本が戦争へと進んで行く歩みが、どのように書かれているかですが、問題がいっぱいあると思います。日韓併合にしろ、満州国建設にしろ、日本の侵略という観点が全く書かれていない。それと、強く印象に残ったのは、大東亜共栄圏の建設とか、ビルマやインドネシアが日本軍に協力したとか、アジアの国々に希望を与えたとかが、やたらと押し出されているので、あの戦争が、目的は正しかったが、いろいろやり方に問題もあったという風に理解されかねません。これは大問題だと思います」

実のところ真之は、この教科書が、それほど極端な内容とは思えなかったのだが、いろいろな発言を聞いていると、だんだん自分の読み方が浅いのかもしれないという気がしてきた。やはり来てよかった。

真之は、発言の順番が来た時、ただ一つ、自信のある問題を発言した。

「ぼくは、憲法のことが書かれた個所を何べんも読みました。小学校でも憲法の学習をします。小学校の教科書は、新憲法を歓迎する人たちの写真が大きく出て、その時の国民の気持ちを伝えていました。この教科書は、GHQに憲法を押し付けられたという書き方になっています。現在も多くの議論が行われていると書いて、問題があるような印象を与えています。かなり疑問を持ちました」

それから真之は、この間の同窓会で、中学校のテスト問題の話が出たことを紹介した。

「公民のテストですけど、ひどいと思いました」

真之の言葉を受けて岩上が発言した。

「今のお話は、あちこちから指摘されています。市民のつどいでも、コントでとり上げられました。本当にこんな教科書を使わせてはいけないという思いになったのですが、残念な結果です」

それからも色々な発言が続き、議論も弾んで、会は少し時間をオーバーして終わった。

真之が部屋を出ると、岩上に声をかけられた。

「先生、よう来てくださいましたね。小学校の先生が来てくれてうれしいです」

「いえ、勉強になりました」

岩上は、もっと話したそうだったが、打ち合わせがあるようで、また来てくださいと言って離れて行った。

6

いよいよ夏休みも終わりが近づいた。二学期に向けて、気になる子どもたちの家庭訪問をしておくことが大切だと、千葉から教えられ、毎年実行してきた真之だった。

いじめにあった山村静香や、いじめた子どもたちは、もうふっきれているようだったし、野球で傷ついた川村信二も、あまりイライラせずに、中学校での部活動をめざして父親と野球を楽しんでいるようだった。母子家庭で苦労している大田幸雄は、子ども食堂に行きたいと母親に相談したら、いっしょに行こうと言ってくれたと喜んでいた。

一通り訪問したが、沖優香の家に行くのはためらわれた。あの夜見たのが優香かどうかわからないし、訪問したら、なんで家へ来るんですかなどと言われかねない。全家庭を回るわけではないので、何かの理由がいる。迷った真之は、結局、二学期に入ってから様子を見ようと考えた。

始業式の四日前、職員集会とプール清掃が行われ、教室の掲示物を貼りかえていると、笠井が入ってきた。

「先生、ちょっと、お話があります」

笠井は、いつになく思いつめた様子で、真之の勧めた椅子に座った。

「私、二学期からしばらく休職させていただこうと思うんです」

「ええ、なんでですか」

「子育てと祖母の介護と、両方やらなければならなくなりました」

笠井の話によると、これまで、夫婦と子ども二人の他に、夫の祖母が同居していたという。夫は高校の教員で、忙しい日々を過ごしているらしい。

「主人は、小さいときにお父さんを亡くし、お母さんも就職した年に亡くなられて。小さいときからおばあちゃん子だったそうです。おばあちゃんはほんとにやさしい人で、子どもたちの面倒もよく見てくれてたんですけど、最近認知症が出始めて、徘徊《はいかい》も一度」

「おいくつですか」

「八十四です。元気だったんですけど、急に言うことがおかしくなり、ほっとかれへんようになりました」

笠井は介護休暇を取り、事情が変わらなければ、退職もやむを得ないかと思っていると語った。

真之はどう言っていいかわからなかった。

「それからどんな話したん」

夕食後ずっと考え込んでいる真之に、美由紀が話しかけてきた。

「うん、つまり、施設に入れたりはしたくない。家でばあちゃんの面倒を見たいというんや。家族みなにとって大事な人やと」

「わかるわ」

「だからな、休職だけやのうて、退職まで考えてはるんや」

「退職て、そんなんもったいないと思うわ。あ、私が言うのもなんやけど」

美由紀は、笑いながら言った。美由紀も君が代伴奏拒否で教職を捨てている。

「後悔してるんか」

「辞めて初めてわかることもあるんよ」

もう一度教員に戻ろうかと、美由紀は絶えず揺れ動いているようだ。

真之がそのことを言おうと思ったが、止めた。返事はわかり切っている。「そんなつもりはない」と言うだろう。

「お茶淹れるわ」

美由紀は、つと立ってお茶を淹れ出した。

真之は、美由紀を見ながら、ふと自分たちの先行きを思った。あの元気な節子ママがいつの日か介護を必要とする日が来るかもしれない。そうなったら、これだけお世話になっている自分たちとしてはほうっておけないだろう。真之の両親にしてもいつかそういう日が来る。帰ってきてほしいと言われたらどうなるだろう。

笠井の背負っている荷物は、決して他人ごとではないのだ。子育て、介護、リストラ、子どもの貧困。そんなことをそっちのけで、戦争法に突っ走る今の政治はひどすぎる。

「二学期から忙しくなるなあ」

真之は、笠井のいない学年を考えていた。多分教務主任の大沢が担任代行で入ってくれるのだろうが、それがいつまでになるのか。なんとか、笠井に戻ってきてほしいが、自分にはなんの力もない。

「今夜はがんばらなあかんな」

真之はつぶやきながらパソコンに向かった。学級だよりと学年だよりを作らなければならない。

新学期はもう目の前だった。

第六章　許すな戦争法

1

八月三十日は、夏休み最後の日曜日だった。仕事もしたかったたし、できることなら真裕美と遊んでやりたかったたが、この日は、戦争法反対の国会包囲行動と呼応して、全国各地で集会が開かれる。大阪では午後から、扇町公園で大集会が開かれることになっていた。

安倍内閣と与党は、法案に対する様々な疑問や批判を数の力で押し切って、衆議院に続き、参議院で強行採決しようとしていた。テレビや新聞でも、連日国会の動きを報道している。いよいよ強行突破の時が近づいてくる中で、美由紀はここ数日、学童の出勤前に一時間ほど早く出かけ、周辺地域へ署名を持って訪問している。こういう状況になると、美由紀の行動力はすごい。真之はとても真似ができないと思うほどエネルギッシュだ。

「真裕美を連れて行きましょ。お子さん連れもたくさんいると思うし」

「しかし、まだ暑いしな。大丈夫か」

「大丈夫。ちゃんと準備する」

美由紀の勢いはすごい。真之も賛成して一緒に出かけることになった。

「駐車場ないんと違うか」

「国労会館に預ける」

扇町公園近くのＪＲ天満駅のそばにはピースウエーブがいつも練習に使う国労会館がある。そこに置けば大丈夫だというのだ。

二人が真裕美をベビーカーに乗せて公園入口まで来ると、次々といろんな団体から署名の訴えや、チラシが配られている。中には、中核派など妨害集団のビラを配っているものもいる。一つ一つの署名に応じてやりたいが、それではなかなか前に進めない。ようやく二人は全市教や大教組の旗のあたりまでたどり着いた。

退職教職員の会の幟もある。小宮山もいるだろうか。二人を見かけた遠藤が声をかけてくれた。

「ご苦労さん。ちびちゃんも連れて大変やったね」

「いつもお世話になってます」

美由紀が如才なくあいさつを返す。青年部仲間たちも寄ってきた。

「めっちゃかわいい。おくさんそっくり」

「よかった」

「それはぼくに似てなくてよかったという意味か」

「ひがまないひがまない」

他愛のないやりとりをしていると、集会が始まった。

主催者や国会議員のあいさつが続く中で、ひときわ拍手が起こったのは創価学会員のあいさつだった。三色旗を掲げ、戦争法反対のためにがんばりますとの言葉に会場は大きく共感の拍手でこたえた。

「がんばれー」

美由紀は大声で声援を送った。

次々と続く議員や市民のスピーチは、戦争法の問題点を浮き彫りにすると共に、強引な国会運営への怒りをかきたてられた。

「この法案は既にボロボロになっています。出される質問にまともな答弁ができないために、審議は九五回もストップの連続です」

「安倍総理は、日本人のお母さんと子どもが乗っている米艦船のイラストを見せて、いざという時米艦船を守らなくていいのかなどと言っていましたが、中谷防衛大臣は、何となんと日本人が乗っていなくても集団的自衛権はありうるなどと言い出しました」

「ホルムズ海峡の機雷除去も、イラン政府が海峡封鎖などはあり得ないと言っています」

「後方支援の問題も、答弁が崩れています。米軍が求めれば、核兵器や毒ガスも運べるということが明らかになりました。法案にはどこにも歯止めがないのです」

次々と語られる内容で、最も真之の心に残ったのは、自衛隊内部文書の暴露だった。昨年十二月、自衛隊の最高幹部がアメリカに行って、来年夏には戦争法が成立すると言ったというのだ。これでは国会はなんのためにあるのかわからない。すでに押し通す計画は出来上がっていたのだ。そうと聞くと、何としても阻止したいという思いが湧いてくる。集会の最後に、参加者が二万五千人と発表されると、会場は大きく沸いた。

「戦争法反対」

シュプレヒコールと共に、参加者は入口でもらった「戦争法反対」のカードを、いっせいに掲げた。

パレードが始まる。だが、会場いっぱいの人たちは、なかなか道路に出られない。

「私、真裕美と先に帰るわ。真之さん、パレード行く」

「うん。行くと、帰りにつきあいがありそうやな」

「いいよ。どうぞごゆっくり」

美由紀はベビーカーを押して歩いて行った。

美由紀と別れた後、二十分ぐらい経って、ようやく真之たちの隊列は道路に出た。先導車の訴えに応えて、手を振ってくれる人や、いっしょに歩いてくれる人もいる。真之も懸命にシュプレヒコールを繰り返しながら歩いた。

解散地点の公園で、大教組のメンバーは円陣を組み、団結がんばろうを三唱して解散した。退職教職員の会も、別の場所で円陣を組んでいる。近づいてみたが、小宮山の姿はなかった。今日は来ていないようだ。それならまっすぐ帰ろうと、駅に向かって歩いて行くと、少し前を歩いている石浜直樹の母を見つけた。真之は駆け寄って声をかけた。

「石浜さん」

「あ、先生。いつもご苦労様です」

「今日はお子さんは」

「二人でお留守番ということにしました」

連れ立って歩きながら、真之は、ふと思い立って、笠井のことを話した。百合子の仕事柄、何か知恵を借りられるかと思ったのだ。

「それはご苦労ですね。親の介護で、退職される方の話はよく聞きます」

百合子は、しばらく考えているようだったが、思い切ったように言い切った。

「先生、ご家族で面倒を見たいという気持ちはわかりますが、もし、仕事をお続けになるつもりなら、やはり、施設に入っていただくことが必要になると思います」

「ヘルパーの方に来てもらうとかはできないですか」

「限られた時間ならできると思いますが、昼間ずっと居てもらうというのは無理ですね」

やはりそうなのだ。だが、適切な施設があるのだろうか。

「どちらにお住まいですか」

「堺市です」

「堺にはM病院があって、介護施設なども手掛けていますから、ご相談になったらいいと思います。よろしければ、私からもご紹介しますが」

「ありがとうございます。ご本人とよく相談します」

この会話はそれで終わり、夏休みの直樹の様子などを話しているうちに、駅が見えてきた。

夏休みは事実上終わった。明日は出勤して忙しい一日が待っている。ふと、真之は疲労感を覚えた。

2

始業式を迎え、子どもたちが元気に登校して来た。真之は校門に立ち、子どもたちを出迎えた。真っ黒に日焼けした元気そうな子もいる。宿題の工作を大事そうに抱えてくる子がいる。だが、中には元気のない子もいる。瘦《や》せたのではないかと思う子がいる。夏休み、給食がなくなると、栄養が足りなくなる子がいると聞いたことがある。子どもたちはくらしを背負って学校にやってくるのだ。

始業式は講堂で行われた。校長のあいさつは、二学期も楽しくみんなでがんばって勉強しましょうといった、そつのない話だったが、なんとなく冷たく感じられた。

教室に入り、子どもたちとあいさつを交わした真之は、優香が来ていないことに気づいた。どうしたのだろう。休憩中に職員室に戻ると、電話連絡のメモが置かれていた。

「体調不良でお休みします。すみません」

忌引きでもない限り、始業式に休むのは不自然だ。

あの夜の優香らしい後姿が浮かんだ。

真之は、その日、子どもたちを下校させた後、すぐ優香の家に向かった。学校からのプリント類は近くの子どもに託す時もあるのだが、優香のことが気がかりだった。

家に着き、インターホンを押すと、母親が出てきた。

「すみません。風邪でも引いたのか、しんどいと言って寝ておりますので」

「そうですか。お医者さんには行かれたんですか」

「いえ、今日一日休めば大丈夫かと思いますので。わざわざありがとうございました」

母親の言葉には、どうぞお引き取りをという雰囲気が感じられた。

「勉強でがんばりすぎて、疲れているのでは」

「大丈夫です。ご心配なく」

真之が帰ろうとした時、二階で、ガラスの割れるような音がした。母親は、急いで二階へ上がって行ったが、すぐに降りてきた。

「ありがとうございました」

頭を下げる母親に、「お大事に」と言って、真之は表に出た。また、何か物音が聞こえたが、もう戻ることは出来なかった。

真之には、壁に向かってものを投げつけている優香の姿が浮かんでいた。

次の日、優香は登校してきた。普通にあいさつし、特に服装や持ち物にも変わったところはないようだ。その次の日も特に気になることはなかった。

もしかすると、家の中では何かが起きているのかもしれないが、教室では普通にしゃべり、普通に行動している。真之は、ひとまずほっとした。

笠井は、とりあえず一週間休みを取って、家族でよく話し合うということだった。どうなるのかわからないが、何とか退職だけは思いとどまってほしいという思いだった。笠井のクラスの子どもたちは担任に懐いているし、真之にとっても信頼できる同僚だった。

いくつかの気になる課題を抱えながら、新学期四日目、真之は夕方の駅頭宣伝に参加した。

森ノ宮の駅前で、全市教書記長の野瀬が、教え子を再び戦場に送ることはできませんと訴え、真之たちは懸命にビラを配った。四人に一人くらいが受け取ってくれる。ご苦労さんと言ってくれる人もいる。街の空気は悪くないと感じられた。

一方、美由紀は、あの集会以後毎日のように、出勤時間より二時間ほど早く出かけて、戦争法反対の闘いに取り組んでいた。署名用紙を持って学童周辺地域の全戸訪問に取り組んでいたのだ。

「国会がすごいことなってるでしょう。後悔しないように、やれるだけのことはやりたいの」

確かに連日テレビでは、国会の状況を報道している。なんとしても戦争法を強行採決してしまおうという与党に対し、必死に抵抗する野党の様子が伝わってくるが、結局のところは、数の力で押し切られることになるのだろう。

がんばらなあかんという気持ちと同時に、ふと空しさも感じる真之だった。

一週間が過ぎ、やっと土曜日を迎えた朝、美由紀が言い出した。

「なあ、明日久美が来るんよ。できたらお昼つきあって」

「そうか」

久美というのは美由紀の友人の東出久美のことだ。時々子どもを連れて遊びに来ては、おしゃべりに花を咲かせる。大阪市立幼稚園の民営化に反対する運動などで、美由紀とも協力し合った仲間だ。何か話したいことがあるのだろう。

翌日のお昼前に、東出久美は子どもたちを連れてやってきた。兄の岳ちゃんは五歳、弟の翼ちゃんは、真裕美より半年ほど早く生まれた一歳児だ。久美たちが来ると美由紀はいつも張り切って食事の用意をする。自分が行った時もたっぷりもてなしてくれるから、お返ししなければと言うのだが、実のところ、料理の腕では、負けないというライバル心があるようだ。二人は、高校時代からライバル心が強かったそうで、時にはケンカしながらも親しく付き合ってきた仲なのだ。

　様々な問題で議論になることも多いが、お互いに認め合っていることは間違いない。

　この日は、冷たいカボチャのスープと、サラダパスタ、それにデザートのプリンを用意して昼食を楽しんだ。翼と真裕美は離乳食だが、岳は一緒に食べて、おいしかったと言ってくれたので、美由紀は大いに満足したようだ。

　弟の扱いに慣れているのか、岳ちゃんは、お母さんが持参したジグソーパズルやお買い物セットなどの玩具で、二人を相手に遊び出した。幸い、真裕美も仲よく遊んでいる。

　ママたちは、子育てやテレビドラマなどの話題でしゃべっている。どうやら、大事な相談などはなく、遊びに来ただけらしい。真之がもう、自分は出かけてもいいかなと思った時、突然話題が変わった。

3

「なあ、美由紀は戦争法反対、言うてがんばってるんやろ」

「もちろん、夫婦揃ってがんばってるよ」

　美由紀がそう答えると、久美は意外なことを言い出した。

「私、それが疑問になってきたんよ」

「ええ、なんで」

「ダンナの言うことを聞いてると、わからんようになってきたんやよ。教えて」

　それから久美はいろいろと話し出した。

「言うとくけど、うちのダンナは、共産党嫌いやないんよ。弱い人のために熱心に尽くしていて、立派やと思う言うてるし」

「うんうん」

「けど、安全保障のことなんかは意見が違う言うんよ」

「どういう風に」

「まず、戦争法、戦争法て言うのがおかしい。あれは安保法制や。反対するにしても正確に言うべきやて」

美由紀はすぐに反論した。

「けどな、それは、あの法案の本質を突いた言葉やねん。海外で戦争できる国にするための法案やから、それを言うてるわけや」

「わかってるよ、その主張は。けど、政府は戦争するための法案やないて言うてるんやから、お互いの言い分が食い違ってるわけやろ。だから、正確に言うべきでしょう」

久美はさらに、新たな論点を持ち出した。

「ダンナが言うには、集団的自衛権を認めない方がおかしいって。世界中どんな国でも自衛権はあるし、共産党かて、自衛権は認めているはずやて」

「うん。けど、それと集団的自衛権は別やで」

「どっちも自衛権やろ。集団的自衛権は、侵略された時助け合う権利やから、あって当然やと言うわけ」

「けど、これまで集団的自衛権は憲法違反やから、権利はあるけど行使できないと政府も認めてきたやん。安倍内閣が突然できる言うのはおかしいんと違う。憲法学者かて、ほとんど違憲や言うてるよ」

「だから今までが間違っていたんや。やっとまともな国になる言うのがダンナの意見やねん」

真之は言葉を挟んだ。

「しかし、集団的自衛権というのは、アメリカやソ連が他国を侵略するときの口実にされてきました。だから、日本がそれを認めれば、アメリカに言われたらいっしょに戦争する国になってしまいます。それが危険やと思うんですが」

「私もそう言うたんよ」

久美は、軽くうなずいて言葉を続けた。

「ダンナが言うにはそれは逆やて」

「どういうこと」

「日米安保条約は、日本が攻撃された時、アメリカは助ける義務があるけど、アメリカが攻められても、日本は助ける義務がない。アメリカにそういうひけめがあるから、なんでも言いなりになる。お互いに助け合うという集団的自衛権を行使できるようになったら、日本の言い分ももっと堂々と主張できるようになる。というわけ」

　美由紀と真之はちょっと言葉に詰まった。二人ともとっさに反論が浮かんでこなかったのだ。

「それに、どんな時でも集団的自衛権行使するとは言うてないやろ。日本の安全に係わる時だけやで」

　久美の夫の言うことは、多分自民党の主張なのだろう。テレビ討論などでも言われているのかもしれない。

「それで、久美もそう信じるようになったわけ」

「違うよ。けど、どう言ったらいいかわからんし、ダンナの言うのも一理あるかなあと思えてきたんや」

　この後も、久美はいろいろしゃべり続けた。もしかして、久美はこの議論をするために来たのかと思える程だった。さすがの美由紀も押され気味だ。

　真之は、話が途切れた時に言った。

「色々な意見があるのはようわかりました。ぼくも勉強になりました。けど、だからこそ、こんな大事な問題は、数の力で押し切るというのではなく、納得のいくまで議論すべきやないですか。それが民主主義でしょう」

「それはおっしゃるとおりです。ダンナもそう言うてます」

　久美はあっさりとうなずいた。

「ダンナは、自民党の政治家も官僚も、実力がない。理論で野党をちゃんと言い負かすだけの力がないから、最後は数で押し切ろうとするんやと言うてます」

「すごいご主人ですね。頭のええ人なんやね」

「そうでもないと思うけど、まあ、理屈っぽいというか、なんちゅうか」

「政治家めざしてんのと違う」

「ないない」

　美由紀の言葉に、久美は手を振って打ち消した。

「税理士真面目にやってくれたらそれでええねん。選挙に出るとか言い出したら即離婚や」

　遊んでいた子どもたちにもめごとが起きたのか、突然翼が泣きだしたので、話はそれで終わり、久美は子どもたちの傍へ行った。

「おやつにしよ」

美由紀も立ち上がり、アイスクリームを盛りつけ始めた。

その晩、真之は思った。まだまだ自分は学習が足りない。わかったつもりでいても、わかってないことが多い。美由紀のように訪問活動をしても、相手に質問されたりしたら、たちまち行き詰まってしまうだろう。美由紀も思いは同じだったようだ。

「もっと新聞しっかり読まなあかんね」

美由紀は古新聞を引っ張り出して読んでいた。

4

翌日、真之が出勤すると、一週間ぶりに笠井が来ていた。

「ご心配おかけしました。今日からまた出勤しますので」

笠井はそう言って、校長室に入って行った。

詳しいことはわからないが、何らかの解決が得られたらしい。校長室から出てきた笠井は、真之と一緒に朝会前のグラウンドへ出て、事情を話してくれた。

「私、実のところ、退職するつもりでした。夫はきっとそれを望んでいると思ったんです。それを言い出せずにいるんだと」

「そうでしたか」

「けど、私がそれを言い出すと夫は怒って言いました。ぼくの祖母のために、なんで君が辞めなあかんのや。退職するなら、ぼくの方やろて」

すごい人だと真之は思った。もし、同じような状況に置かれた時、果たして自分は美由紀にそんなことが言えるだろうか。男女平等と言っても、なかなかそこまでは言えないのではないだろうか。

「それから二人で真剣に話し合いました。お互い教員として働いているのは、ただ生活のためだけやない。この仕事に生きがいを感じているからやと」

「素晴らしい夫さんですね」

「はい。私も、今度のことでそう思いました」

「それで、お祖母《ばあ》さんはどうされるんですか」

「M病院関連の介護老人施設に、通いで入れてもらおうと思うんです。朝八時半から五時半まで」

Ｍ病院と言えば百合子さんが話してくれたところだ。笠井も、どこかから紹介を受けたのかもしれない。

「まだ、いろいろな課題があります。要介護認定や、送迎の問題やら」

「たいへんですね」

「とりあえず夫の指導していたバレー部の教え子で、介護の仕事をしていたお嬢さんが、今は辞めて家にいるそうで、アルバイトを兼ねて、応援に来てくれることになりました。落ち着くまで行ってあげる言うて」

「そうですか。夫さん、いい先生なんですね。そうやって教え子が来てくれる」

「はい。よく遊びに来てくれるし、卒業しても、ずっとつきあってる子が何人もいます」

小宮山や千葉のような教師なのだ。おそらく勝利至上主義ではない部活指導者なのだろう。

その日の放課後は、久しぶりに学年三人揃っての学年会となった。二学期の課題はたくさんある。運動会や遠足などの行事、研究授業、作品展。一つ一つこなしながら、子どもたちをしっかり守っていかなくてはならない。

真之は、ずっと気になっている沖優香のことを話した。笠井はうなずきながら聞いていたが、それは間違いなくサインを送っていると言い出した。

「夫の教えた子にも、進路を巡って親の意向に振り回されて苦しんだ子がいました。高校生でもそんな子はいます」

「けど、お母さんはすべて本人の意思でやっていることだというんですが」

「それはお母さんが気づいていないだけです」

確かにそうだろう。真之がかつて教えた若井浩二の時も同じだった。だが、どうすればいいのか、まだ見通しがつかなかった。

「小林先生。二学期に入って、子どもはどんな様子」

「今のところ、大きな問題はないです。でも安心しないでがんばります」

「もうじき新任研究授業やな。何をするつもり」

「一応国語のつもりです。よろしくお願いします」

その日の打ち合わせはそこまでで終え、真之は、五時三十分に職場を出た。今日は退職教職員と組合の合同でなんば駅頭宣伝がある。必ず小宮山がいるはずだ。そこへ行って、東出久美と議論したことを語り、意見を聞きたかった。

なんば高島屋前では、大教組の宣伝カーを停めて、組合役員が演説していた。横断幕を広げて立っている人や、署名を呼びかける人、ビラを配る人。かなり大勢の人たちが集まっている。わずかだが足を止めて聞き入る人もいる。真之はビラを配りながら、女性弁士の演説に耳を傾けた。

「みなさん。『あたらしい憲法のはなし』という中学教科書があったことをご存知ですか。これからの日本は、もう決して戦争をしない。日本には軍隊も戦車も飛行機もない。けれどもみなさんは決して心細く思う必要はありません。日本は世界に先駆けて正しいことをやったのです。世の中に正しいことぐらい強いものはありません。こう訴えて、子どもたちを励ましていたのです」

女性の演説は柔らかく、そして力強く響いた。

「みなさん。二度と戦争はしないというこの決意は、もう正しいことではなくなったのでしょうか。決してそんなことはありません。憲法九条の値打ちはますます輝きを増しています。それを勝手に解釈変更し、集団的自衛権の名の下に、アメリカと共に戦争できる国にしようという戦争法、何としても廃案に追い込もうではありませんか」

真之は、演説を聞きながらビラを配り続けた。

「戦争法に反対しましょう」

最初は言いにくかったこの呼びかけが、次第に大きな声で言えるようになってきた。ほとんどの人はそのまま通り過ぎるが、ご苦労さんと言って受け取ってくれる人もいる。三十分ほどの間に十人近くの人が受け取ってくれた。

遠藤青年部長がマイクを握った。

「みなさん。韓国には、ごめんなさいベトナムということを掲げた博物館があるのを知ってはりますか。あのベトナム戦争の時、韓国はアメリカと一緒になって、ベトナムに枯葉剤をまいたりしたんです。日本には被害を受けたけど、今度は加害国になったのです。同じアメリカの同盟国でも、日本は憲法九条があったから、戦争に行かんと済みました。イラク戦争の時もそうでした」

　遠藤の声がひときわ大きくなった。

「でも今度の戦争法が通れば、日本も戦争する国になってしまうんです。日本の若者が殺し殺され、他国の恨みを買うのです。やられた国からテロ攻撃が襲ってくるかもしれません。そんなことは決して決して許されませんよね。みなさん。ごいっしょに反対の声を上げて行きましょう」

　さすが、心に響く演説だ。みんなすごい。原稿を読むのではなく、自分の言葉で語っている。

　何人かの演説が続いた後、小宮山がマイクの傍に現れた。次の弁士らしい。どんな話をするのだろうか。

「みなさん。私は大阪市退職教職員会の小宮山と申します。大阪で生まれて、大阪で育ち、大阪で働いてきました。一つ、拙い歌ですが、河内音頭を歌いますので、聞いてやってください」

　マイクの周りにいた人からざわめきが起こった。この場所で、河内音頭を歌うとは、いったいどういうつもりなのだろう。

「それではお聞きください。河内音頭憲法口説き」

　小宮山は、深々と一礼して歌い出した。

エーンいくさ終わったその日から
二度と戦争するまいと
世界に向かって誓いたり
ヨーホイノホイ
アーエンヤコラセー　ドッコイセ
武器や軍隊　持ちませぬ
国と国との　いさかいごとが
もしも起こった　その時は
いくさをしないで
心開いて話し合う
これぞ憲法第九条
ソラヨイトコサ　サノヨイヤサッサ

小宮山は楽しそうに朗々と歌っている。河内音頭の節回しで憲法を歌うとは、全く予想もしなかった。横断幕を持っていた人たちも、いっしょに合いの手を入れ、次第に立ち止まる人も出てきた。

エー　時は流れて　六〇余年
老いも若きも　へだてなく
ヨーホイ　ホイ
アーエンヤコラセー　ドッコイセ
平和の心を胸に抱く
ベトナム　イラク　アフガンと
世界にいくさ絶えねども
わが日本の　アンアーア　アン
若者たちは
いくさで殺し　殺されもせず

小宮山が声を張り上げた。
読んでおくれよ　憲法を
読んで心も晴れ晴れしゃんせ
力と勇気が　アンアーア　アン
出るわいな　アーアアア

かなりの人が立ち止まって聞いている。

戦争したい安倍総理
憲法解釈勝手に変えて
戦争法案押し通そうとて
攻め来るけれど
負けてなるかの心意気
力合わせて
強行採決止めましょう
ソラ　ヨイトコサ
サーノヨイヤサッサ

真之たちも合いの手を入れ、大きな拍手を送った。
「ありがとうございました。戦争法を何としても廃案に追い込みましょう」
小宮山は、まさに千両役者だった。

5

宣伝が終わり、流れ解散となって、真之と遠藤は、小宮山と共に、居酒屋に入った。

「先生、すごかったです。河内音頭」

遠藤の言葉に、小宮山はいたずらっ子のような笑顔を浮かべた。

「実のところ、こんな場所で歌うのは不安やったんやけどな。まあ、なんとかやれた」

三人は生ビールを注文し、食べ物のメニューを広げた。食事抜きで駆けつけた真之は、早速焼きそばを注文した。

「河内音頭というのは、いろいろな物語を語れるやろ。だから、ぼくもいろいろ作ってみたんや。河内音頭、蟹工船口説きとか普天間物語とか。憲法バージョンもその一つや」

「知りませんでした。先生にこんな特技があったとは」

「ぼくは、歌はど素人やし、友達に渡して歌ってもらってるんやけどな。今回はちょっと冒険してみたんや」

ビールとおつまみが運ばれてきた。三人は乾杯し、戦争法をめぐる情勢などを語り合った。

真之が、先日の久美とのやり取りを紹介し、自分はまだ勉強不足だと思ったと言うと、小宮山は、深くうなずいた。

「まーくん、ええ勉強したな。なかなかそんな議論はできへん。すばらしいことや」

「わかってもらうためには、どう話したらいいのでしょうか」

「まずは相手の意見を受け入れることや。それもよくわかりますと。その上で、こういう考えはどうでしょうと語りかける。絶対に相手に教えてやるというような態度はとらない」

それから小宮山は、ゆっくりと話してくれた。

「集団的自衛権が行使できるようになるということは、日本は前もってアメリカに約束していた。もし、それがアメリカにとって望ましくないことなら、反対するはずやし、安倍内閣も無理はしないやろ」

「そうでしょうね」

「もし日本が、集団的自衛権を行使できるようになったから、これからは対等にものを言わせてもらうと言い出したら、アメリカにとっては都合の悪い話になる。アメリカが歓迎しているのは、絶対そんなことは言うて来ない、来させないという自信があるからや」

いつもながら、小宮山の話は説得力があった。


戦争法反対の世論の広がりの中で、国会周辺は連日シールズたちが詰めかけ、抗議行動を展開した。真之も美由紀も、それぞれできる範囲で反対運動に取り組んだ。しかし、国会審議は、強引な決着へと向かって進行していた。

政府側としては、このままずるずると日が過ぎて、国会が閉会しても、衆議院で法案がすでに通過しているので、七十日間を経過すれば三分の二以上の賛成で成立することになる。しかし、それでは参議院の役割が果たせていないとして国民から批判される恐れがある。そこであくまでも強行採決する腹を固めたということが、テレビで報道されていた。

与党は、自分たちだけでの強行採決という批判をできるだけ弱めるために、野党とは名ばかりの与党補完政党の同意を取り付け、付帯決議なども添えて採決しようとしていた。付帯決議では、集団的自衛権行使に際して、自衛隊を派遣するときに例外なく国会の事前承認を求めるということだったが、国会では与党が多数を占めているのだから、政府の提案は承認されるに決まっている。なんの歯止めにもならないということは、真之にもすぐにわかった。

十八日の昼休み、職員室のテレビでは、騒然とした中で法案の委員会採決が行われ、安保法制が可決されたということを報じていた。

やはり強行されたのだ。この後野党は徹底抗戦と報道されているが、所詮押し切られることになるだろう。真之は、腹立たしい思いを抑えて職員室を出た。教室へは気持ちを切り替えて行かなければならない。

「強行採決されたな。とうとう」

後ろからそう声をかけてきたのは大沢だった。

「日本に民主主義てあるんですかね」

真之がそう応じると、大沢はかすかに笑った。

「民主主義は多数決やからな。しゃあないで」

言い返すことはできたが、何も言う気がしなかった。黙って行こうとした真之に、「お疲れさん」と声をかけて、大沢は職員室へ戻って行った。

その晩深夜まで、美由紀はネットで国会中継を見ていた。内閣不信任案を提出した野党が、討論する様子を見ていたのだ。真之も、共産党の討論が終わるまでつきあっていたが、とうとう横になった。

朝起きて、テレビをつけると、法案成立が報道されていた。胃がむかむかした。

「ついに強行されたね」

「ああ」

朝食を摂りながら、真之と美由紀は、腹立たしい思いを抑えきれなかった。あんなにがんばって反対したのに、強行されたことの怒り、空しさ、そして、これからこの国がどうなって行くのかなどが頭の中を渦巻いていた。

「大阪市の中学社会科が、育鵬社の教科書になったやろ。戦争法と直接は関係ないけど、なんか政治がどんどん右寄りになって行くと思う」

「安倍政権になってからやね。特にひどいのは」

美由紀も応じた。

「バックに日本会議が付いてるからね。ネット見てたら、あいつらもうめっちゃむかつく」

「見なかったらええやろ、そんなもん」

「つい見てしまうんよ。本屋行ってもすごいやろ。平積みされてる雑誌。安倍の味方ばっかり」

そんなことを言いながら、美由紀は例によってスマホをいじりだした。

「ふーん、そうなんや」

「どうした」

「共産党が緊急に中央委員会総会開くんやて。今日の午後」

「そうか」

「どんなこと決めるんやろ」

朝の会話はそこまでで終わり、真之は出勤の準備にかかった。土曜日だが、今日はやることがたくさんある。運動会の諸準備やテスト作りがたまっているし、優香のことも気になる。明日から四連休だが、気持ちはゆったりしていない。思い切って、家族三人で三重の実家に帰ってみようか。気分転換になるかもしれない。

そんなことを考えながら、真之は家を出た。学校の最寄駅を出ると、小林に出会った。

「おはようございます」

小林は、意外にも戦争法のことを言い出した。

「おはようさん」

「安保法制、強行採決されましたね。ひどいですね」

小林とはあまり政治的な話はしていない。自分の考えを押し付けるみたいでいやなのだ。そこが弱いところだと思ってはいるのだが、苦手なのだ。だが、小林もしっかり関心を持ち、しかも批判的だったのだ。

翌日の「しんぶん赤旗」には、志位委員長が記者会見で発表した、「戦争法（安保法制）廃止の国民連合政府の実現をよびかけます」という提案が掲載されていた。

日曜日の朝ということもあって、二人はじっくりと目を通すことができた。

「なあ、これってすごい方針と違う」

美由紀は興奮気味だが、真之にはまだそれほどの共感が湧いていなかった。

「戦争法はこのままにしておけない。それを廃止する政府を作ろうということやろ。もちろんそれが出来たらええけど」

全ての野党が共産党と一緒に政府を作るということになるだろうか。確かに国会では協力して反対していたが、政府を作るのはまた別だと言われないだろうか。

真之が、その疑問を口にすると、美由紀はすぐに反論した。

「な、こう書いてあるやろ。『野党間には、日米安保条約への態度をはじめ、国政の諸問題での政策的な違いが存在します。そうした違いがあっても、それは互いに留保・凍結して、憲法違反の戦争法を廃止し、立憲主義の秩序を回復するという緊急・重大な任務で大同団結しようというのが、私たちの提案です。』つまり、いろいろ意見は違うけど、一致できる点でいっしょにやろ言うことやから、何とかなるんと違う」

「そううまいことといくかなあ。共産党とは一緒にできんと言われそうやで」

「確かにそういう時期があったんよ。共産党を除く自民か反自民か言うて宣伝されたし。共産党も、国政選挙では政策の一致が必要やと言うてきたし」

美由紀はますますハイテンションになった。

「けど、今度は、政策の違いはあっても、戦争法廃止で一致できるなら一緒にやろう言うてるんよ。安保賛成でも政党助成金賛成でもええわけよ」

確かに、大阪の市長選挙では、共産党も意見の違いを乗り越えて、候補者を下ろしてまでたたかった。国の政治で同じことが行われればどうなるだろう。あまり勝ち目のない選挙区では、共産党は候補者を出さずに、他党を応援するということになるだろう。

「そうなったら勝てるよ。元々、自民党かて小選挙区やから勝ったいうだけで、そんなに支持ないやん」

美由紀はまるでもう選挙に勝ったかのような勢いで一人はしゃいでいた。

6

結局、四連休は実家へ行かずに過ごした。美由紀は、ピースウエーブの練習や会議があり、真之も休日出勤して仕事をこなし、一日だけ真裕美を連れて、水族館に出かけたのが唯一の行楽だった。

連休が終わり出勤すると、また優香が休んでいた。連休中も勉強に明け暮れていたのだろうか。連絡がないので、家に電話しても応答がない。何があったのだろう。

教室に戻ると、静香が話しかけてきた。

「昨日の晩、優香を見かけたんやけど、様子が変でした」

「どこで」

「家の近くの駐車場」

「変ていうのは、どういうこと」

「声かけたけど無視してた。荷物もなんも持ってなかったし」

どういうことだろう。静香の家とは離れているし、塾帰りとかではなさそうだ。もしかしたら、徘徊しているのだろうか。

「それと、気になったんやけど、あの子、背中になんか書かれてた」

「なんて」

「暗いからわからんかった」

こないだの帽子と同じだ。もしかしたら、ひどいことが書かれていたのではないだろうか。もう黙ってはいられない。静香の話と自分の目撃したことを伝えに行こう。必ず何かある。

真之は、放課後、優香の家を訪問した。インターホンで案内を乞うと、ドアが開いて、母親が出てきた。

「今日は申し訳ございません。連絡せずにお休みさせました」

「何かあったんですか」

「はい。どうぞこちらへ」

真之は応接間に通され、母親と向かい合った。

「実は」

真之が言いかけた時、まったく同時に母親も同じ言葉を発した。

「実は優香が、家出を繰り返すようになりまして」

「家出、ですか」

「はい。行く先を告げずに出て行って、また帰ってきます」

「夜遅くまでですか」

「いいえ、そこまでは。八時くらいには戻ってきて、黙って部屋へ行くんです」

母親の話によると、優香は、夏休みの中ごろから、ミニ家出ともいうべき行動をしばしば繰り返していたという。帰ってきてからも、部屋に閉じこもり、家族を入れようとしない。夕食は部屋の前に置いておくと、勝手に食べているという。

「今日はどうされたんですか」

「学校へ行ったと思ってたんですけど、どこかに行っていたようで、三時間ぐらいで帰ってきて、学校も行かずに帰って部屋にこもってます」

「そんなことになってたんですか」

「すみませんでした」

母親は頭を下げた。

「先生がいろいろ心配して下さってるのはわかっておりましたが、なかなかお話しできずにおりました」

それは、母親のプライドだったのだろう。だが、今はそんな様子は見られない。すっかり困り果てた母親の姿だった。

真之は、この間の出来事を話した。

「誰かにいじめにあっているのではないかと心配していたんですが」

「いいえ、それは自分で書いたんです」

母親ははっきりと言った。

「あの子は自分の持ち物や部屋の壁に死にたいとか死ねとか書いています。もう私もどうしていいのか」

母親は、涙をぬぐった。

真之は思い切って切り出した。

「やはり、受験が重荷で、止めたいとサインを出し続けているのではないでしょうか。ここはひとつ考え直されてはいかがですか」

母親は首を振った。

「私もそう思いました。主人ももちろん無理《や》せんでいいと言ってくれました。けど、あの子は止めると言わないんです。受けたいというんです」

「今でもですか」

「はい。夏休みの初めにも、しんどかったら止めていいよと言ったんですが、絶対やると言って聞かなかったんです」

「それなのに、家出したり、死にたいと書いたりしてたんですか」

「はい。私にも気持ちがよくわかりません」

母親は涙をぬぐって続けた。

「先生には信じていただけないかもしれませんが、あの子は本当に止めたくないと言うんです。私は、止めさせた時、どうなるかということも怖いんです」

なぜだろう。優香は、自分でも説明のつかない行動をとり続けているのではないだろうか。もっと、母親に甘えたいけど、甘えられない、そんな気持ちでいるのではないだろうか。

真之はふと思いついて聞いてみた。千葉の子育てについての講演を聞いた時のことを思い出したのだ。

「お母さん。失礼なこと聞きますが、優香さんをハグしてあげたことがありますか」

「どういうことですか」

「気に障ったらごめんなさい。もしかして、優香さんは、お母さんに甘えたいけど、あんまり甘えることなしに、わがままも言わずに、いい子で通してきたのではないかと」

母親は、はっとしたようだった。

「先輩の受け売りなんですけど、こういう時は、なんも言わずに、ぎゅうっと抱っこしてやったらいいのではないかと」

「はい」

母親は黙って考え込んだ。

「あの子の祖父は厳しい人で、わがままは許したらあかん言うて、厳しくしつけるように、私によく言いました。それがわかっていたのか、あの子も甘えることが少なくなりました。今まであんまり気にしていなかったんですけど」

母親は、失礼しますと言って部屋を出た。二階へと上がって行ったようだ。真之はそのままじっと待っていた。

まもなく、戸を叩く音が聞こえてきた。真之が部屋を出ると、ごめんねという母親の声に交じって、優香の泣き声が激しく聞こえた。やがて泣き声は収まり、二人が語り合う声がかすかに聞こえてきた。

それからしばらくして母親が下りてきた。真之は、これ以上は何も言わない方がいいような気がして、「優香さんの来るのを待っております」と言い残して家を辞した。

まだ色々屈折した関係が続くだろう。でも、今日をきっかけに親子の関係がよくなっていくのではないだろうか。真之はそう願っていた。

第七章　研究授業

1

　翌日も優香は欠席だったが、次の日に登校し、母親からの手紙を渡してくれた。真之への感謝と、親としての反省を書き綴り、最後にこう書いてあった。

「優香は、やはり正風を受験したいと申しています。私は、もう無理しないで、学校生活を楽しんだらどうかと言いましたが、あの子はきっぱりと、自分の力を試したい、ダメだったら、みんなと同じ中学校へ行くだけ、後悔しないと申しました。表情も幾分明るく、何かしら吹っ切れたようでしたので、私も、自分の思い通りにしていい、応援するよと言いました。そういう次第で、あの子は、これからもがんばると思いますが、学校での行事や、お友達との付き合いは大事にするようにと約束しましたので、これからは、塾があるからといって林間学舎や登校日を休んだりするようなことはさせません。あの子は、先生を信頼しておりますので、これからもご指導のほどよろしくお願いいたします。かしこ」

　真之は子どもたちの帰った教室で繰り返し読みながら、優香の気持ちを思った。今もあの子は背伸びしているかも知れない。だが、これ以上はとやかく言うべきではない。しっかりと見守って行こう。

　すっかり日が短くなり、窓の外には白い月が浮かんでいた。

　優香も登校してくるようになり、少し落ち着いたころ、運動会も無事終わり、早や十月になった。もうすぐ遠足が待っているが、それはともかく、今月は小林の新任研究授業がある。真之は、かつてこの学校で自分がやった研究授業に劣らぬ緊張感を覚えていた。

　小林のやる授業だが、学年としてしっかり支援し、いい授業にしたい。あの校長や教頭によかったと言わせたい。そんな気持ちが強かったのだ。

真之は、小林の教室を訪れ、授業の見通しを訊ねた。

「国語でやる言うてたね。この時期やるとなると、『注文の多い料理店』か」

「はい。そのつもりです」

「あの教材どう。気にいってる」

「え、ぼくがですか」

小林はちょっと意外そうな顔をした。

「特に好きとか嫌いとか、考えてません。とにかく指導書に添って、授業をすればいいかと」

そういう感覚なのか。真之はちょっと失望した。

「あの教材、けっこう難しいと思うんや」

「そうなんですか」

「うん。うまいこと言えんけど、子どもたちが、ちゃんと理解して読み取ってくれるかどうか不安や」

小林は黙っている。真之はもどかしかった。

「とにかく、学年で教材研究しよう。今週の学年打ち合わせ会で、話し合うから」

「よろしくお願いします」


その日はそれで終わり、真之は改めて「注文の多い料理店」を読み返してみた。狩りにやってきた二人の紳士が腹を空かせ、「注文の多い料理店」に入るが、その注文というのは、店から客への注文で、実は来た客を食べる店だったという話だ。童話には違いないが、なんとなく、大人のための童話とでもいうような、薄気味の悪さや、重さを感じるのだ。

子どもの時読んだ宮沢賢治の童話で、記憶に残っているのは「セロ弾きのゴーシュ」だった。教科書に載っていた「やまなし」という教材は、何かしらよくわからなかったし、中学の教科書に出ていた「オツベルと象」という物語も、痛快ではあったが、それほど心に残らなかった。ただ、宮沢賢治が「雨ニモマケズ」という詩を書き、農民のために尽くした人だということは知っていたし、若くして亡くなったが、立派な人生を送った人だとは思っていた。

以前、自分が「ごんぎつね」の研究授業をやった時は、川岸たちの知恵も借りた。また、職場教研で知恵を借りよう。きっと色々な意見を出してくれるだろう。

真之は思い切って、職場教研に小林を誘った。いっしょに勉強をしてみないかと持ちかけたのだ。

「ぼくは組合に入ってませんけど」

「誰でも来ていいんや」

「そしたら行きます」

意外とあっさり小林が承知してくれた。笠井も、行きますと言ってくれた。

川岸と相談した結果、誰かの家はまだ重たいのではないか、とりあえず、無理しないでやろうということで、土曜日の午後、駅近くのファミレスでお昼を食べながら、一時間ぐらい話しあおうということになった。これなら笠井も来られるし、学年に川岸たちが加わって一緒に喋っているという雰囲気で研究出来る。

「しっかり勉強しとくわ」

川岸が頼もしいことを言ってくれた。

真之は、改めて宮沢賢治の童話を読んでみた。

「なめとこ山の熊」「よだかの星」「どんぐりと山猫」「グスコーブドリの伝記」「銀河鉄道の夜」「雪渡り」「気のいい火山弾」等々。けっこうたくさんある。

この教科書には、付録として、「読書の部屋」というコーナーがあり、西本鶏介という著者による宮沢賢治の伝記も出てくる。賢治の作品の簡潔な紹介、そしてどんな人生をたどり、何を求めて生きたのか、短い中でもしっかりとまとめられている。子どもたちの中には、この伝記を読んだ子もいるだろう。

いっそのこと、この評伝を先に学習してから、「注文の多い料理店」をやったらどうだろうか。作品に対する理解は格段に深まるのではないだろうか。

しかし、教科書の組み立てはそうなっていない。あくまでも「注文の多い料理店」を読んで、作品とぶつかり合い、発展として、賢治の人生を考えさせようという組み立てなのだ。それはやはり尊重した方がいいだろう。時間もそう残されていない。

さらに真之は考えた。

自分がよくやっているように、給食時などに読み聞かせをしてやったらどうだろうか。賢治の童話の中で、これと思うものを読み聞かせてやるのだ。読書の好きな子は、既に賢治の作品群に触れているだろうが、そうでない子も多い。いくつかの作品に触れることによって、賢治の童話に込めた意図が理解しやすくなるだろう。

真之は、美由紀の意見を聞きたくなった。

「なあ、宮沢賢治の作品読んだことあるやろ。どう思う」

「突然どうしたん。授業するの」

「うん。『注文の多い料理店』の授業。小林君が研究授業するんや」

「ふーん。そうなんや」

「もちろん知ってるやろ」

「知ってる。人を食べるレストランの話やろ」

「どう思う」

「面白いような、怖いような話やったね」

「確かにそうやな」

美由紀は、しばらく考えてからぽつりと言った。

「なあ、賢治の作品て、どうしてあんなに救いがないんやろ」

「そうかな」

「童話って、読んだらハッピーな気分になるのが多いやろ。あのごんぎつねは別やけど」

「たとえば」

「『よだかの星』とか『なめとこ山の熊』とか『銀河鉄道の夜』とかさ。たいてい不幸な終わり方やろ」

「『セロ弾きのゴーシュ』はハッピーエンドやけどな」

「うん。けど、それぐらいと違う。よかったね、と思えるのん」

「『オツベルと象』もか」

「うん」

美由紀は、少し思い出すような顔になった。

「悪い奴がやっつけられて、水戸黄門みたいな気分になるのかもしれんけど、なんかすっきりしなかった」

「そうかなあ」

「最後に、『おや、君、川へ入っちゃいけないったらら』とかいう文章があったやろ」

「うん」

「なんか私、変な気持ちになったんよ。なんでこんな文章が最後に入るのかと」

　そう言う美由紀の感覚はよくわからなかった。賢治の作品の読み方は、明らかに自分とは違う。彼女の作品がほとんど不幸な終わり方とは思えない。しかし、どこかしら琴線に触れる部分があるからこそ、そんな意見が出てくるのだろう。


　その晩、真之は美由紀といろいろ語り合った。

　やはり、文学作品は、色々な読み方を出しあって、深め合うことが大事なのだ。子どもたちから、思いがけないような読みが出てくる授業こそすばらしいのではないか。二年前、「ごんぎつね」の研究授業をした時は、自分の解釈を、ぜひ子どもたちにわかってほしいと思って、あれこれと考えたり悩んだりした。だが、指導者の読みを教えこむのではなく、自由な話し合いが活発に行われれば、それで授業は成功したと言えるのではないだろうか。


　しかし、とまた真之は考えた。まったく作者の意図と違う読みに終始し、言葉が飛び交うだけの授業になったらどうするのか。それは決して成功した授業とは言えないだろう。

　真之の考えは様々に揺れながら、一週間が過ぎ、職場の仲間と集まる日が来た。小林はどんな考えに達しているだろう。川岸はいい知恵を貸してくれるだろうか。真之は、自分の授業以上に緊張していた。

2

　ファミレスには、真之、笠井、小林のほか、川岸、江藤、植村が集まった。思い思いのメニューを注文し、しばらくは雑談が続いたが、だいたい食事が終わったところで、ドリンクバーの飲み物を前にしながら、教材研究が始まった。

「高橋先生。一応司会してくれる」

「はい」

　真之は何となくほっとした。真っ先に意見を言わされるより、司会としてみんなにしゃべってもらう方が気が楽だ。

「小林君は最後にして、他のみなさんから話してください。この教材で感じたことや、疑問点や、自分だったらこんな授業にしたいとか。なんでもけっこうですのでお願いします」

最初に川岸が発言した。

「私は、賢治が書いている言葉に注目したんだけど。『糧に乏しい村のこどもらが都会文明と放恣な階級とに対する止むに止まれない反感です』って、作品の注釈をつけていたんですよね。だから、作者の意図は明白で、この作品を通じて、当時の金持ち紳士に罰を与えたんだと思います。ただ、それをこちらが言うのではなく、作品を通じて子どもたちに考えさせればいいと思います。けど、むずかしいかな」

川岸はいきなり、核心に触れるような発言をした。

確かにこの物語は、それを言おうとしているのだろう。それを受けて、笠井が発言した。

「この教科書を読むと、物語の構成や表現の工夫を考えながら読む、と書いてあります。今、川岸先生が言われた、主題に迫るようなことは求めていないんですよね。だけど、それでいいのかという疑問は感じます」

江藤が発言した。

「私も、主題に迫る読みは大事だと思います。それは、紳士がどう描かれているかということを押さえて行けば、迫れると思います。例えば、『しかの黄色な横っぱらなんぞに、二、三発お見まい申したら、ずいぶん痛快だろうねえ。くるくる回って、それからどたっとたおれるだろうねえ』などという言葉は、紳士が生き物の命を何とも思っていないことがよくわかるし、読んでいて不愉快になると思います。賢治の最も嫌う人物だと思います」

みんなもうなずいた。確かに賢治は、紳士を軽薄で嫌な人物に描いている。

「植村先生はどうですか」

真之の問いかけに植村は、メモを取り出した。

「ぼくは、読んで自分でもよくわからなかったことをメモしてきました。山があんまりものすごいので、犬が死んでしまったとあるけど、どういうことか。なぜ紳士はイギリス兵の格好をしていたのか。犬はどうして生き返ったのか。二人の紳士にはなぜ名前がないのか。まだありますが、子どもから質問が出るかもしれないと思います」

なるほど、どれももっともな疑問だ。

「それを考える前に、小林先生はどんな感想か、みんなの発言を聞いてどう思ったかなどを聞かせてください」

「はい」

小林は頭を下げた。

「今日はありがとうございます。ぼくはみなさん方のような深い考えはなく、笠井先生が言われた教科書の目標通りのことしか考えていませんでした。ですから、構成や表現はいろいろ考えました。風がどうと吹いて、やまねこ軒が出てきて、また風が吹いて、現実に戻るとかです。これって、なんかよくありますよね。タイムスリップするときとか」

「その通りよね。ファンタジーの手法だよね」

川岸が付け足した。

「表現ももちろん面白いですよね。オノマトペが色々あって」

「それって宮沢賢治の特徴と違いますか。詩人でもあるし」

笠井が応じた。

「ですから、今日言われたことを、もう一度よく考えてみます」

この後、真之は、美由紀の感想や自分の感想を少し紹介した。

「面白いけど、何かしら怖い話というのが、ぼくの感想です。子どもたちがどう読むかわかりませんが」

川岸がうなずきながら続けた。

「怖いと思うのは確かね。いつも動物を食べている人間が、逆に食べられようとする話だから。今でいうブラックユーモアかな」

ブラックユーモアという言葉に、真之は、藤子不二雄の漫画を思い浮かべた。確か人間がどこかの星で、いけにえにされる話もあったと思う。

一通り意見が出たところで、真之は、他の賢治の作品を読み聞かせてはどうかと提案した。

「『なめとこ山の熊』とか『よだかの星』などを読み聞かせれば、賢治の思いがわかると思うんです」

笠井が応じた。

「学年全体を集めてやりましょう。ぜひ高橋先生に読み聞かせてもらいたいです」

「ええ?」

「先生は、演劇経験もあって、お上手ですから」

「お願いします」

小林も応じた。

「もう一つ提案があるんです」

笠井が言い出したことは、みんなを驚かせるものだった。

「この教材、一読総合法にぴったりだと思うんです。それでやるのはどうですか」

一読総合法という名前は聞いている。だが、詳しいことは全く知らなかった。

「私の前任校では、一読総合法で授業をする先生がいて、私も新任の時から教えてもらいました」

それから笠井は詳しく説明をしてくれた。一読総合法というのは、児童言語研究会という民間教育団体が取り組んでいる方法で、一口で言うと、全文を通して読まず、新聞小説のように順次読み進めていくというやり方だった。この方法で読むと、物語の最後まで、どうなるかわからないから、興味を持って読むことができるというのだ。

「四年生の『ごんぎつね』を読むとき、この方法だと、最後にごんがどうなるかわからないまま読んでいくことになります。強い驚きや感動が生まれます」

みんなは熱心に笠井の言葉に聞き入った。

「毎時間、少しずつプリントを使って学習します。読んでわかったこと、疑問、思ったことなどを書き込み、発表して話し合い、最後に次の展開への予想を出し合って一時間を終わります。子どもたちが、非常に主体的に発言してくれると思います」

川岸が発言した。

「確かに、このお話は、そうやって読めば面白いけど、残念ながら無理でしょう。みんなもうお話を知ってるし、読んでる子が多いでしょう」

その通りだ。投げ込み教材ならいざ知らず、かなりの子が一応は読んでいるだろう。

「おっしゃるとおりです」

笠井が応えた。

「でも、やはり、最初に第一次感想を書かせて読んでいくのと、それ抜きで、読み進めていくのとは違った読み方になります。子どもたちも先がわかっていても、わかっていないというつもりで発言するようになっていきます」

そういうものなのだろうか。まったくわからないが。

「実際には、みんな詳しくは読んでいません。だから話し合いの中で、疑問や答えが色々出てきて面白いです。私も我流ですけど、自分なりにやってきました」

笠井はさらに提案した。

「よかったら、私が先行して授業に入ります。小林先生、一度私の授業を見てください。よかったら高橋先生も。その上でまた、判断してください」

笠井は驚くほど積極的だ。こんな人だったとは思わなかった。来週早めに、笠井の授業を見せてもらおうということで、話し合いは終わった。小林と笠井は一足先に席を立ち、川岸たちと真之は二人を見送った。

「笠井先生すごいです。あんな前向きな人とは思いませんでした」

真之の言葉に川岸が応じた。

「それは、高橋先生の学年なら、なんでも安心して言えると思ったからよ。今までずっと、支え合ってきたでしょ。自分を出せると思いはったんよ」

江藤も続けた。

「私もそう思います。先生、すごい小林先生のことを大事にしてきたし、笠井先生のことも気づかってきたし」

それを言われるとうれしかった。

「笠井先生て、きっといろんな引き出しを持っている人です。すてきです」

江藤の言葉を聞きながら、ふと、真之は思った。

笠井は、市教組の組合員だが、小林は未組合員だ。いずれは小林には組合加入を勧めなければと思っていたが、笠井も仲間になってくれないだろうか。職場の市教組分会はこれと言った活動はしていない。半数近くの人が加入しているが、会議もやっていないようだ。いつか笠井も誘ってみよう。そんなことを考えて、真之の胸は膨らんで行った。

日曜日、真之は図書館へ行き、賢治の童話集と、一読総合法の書籍を借りた。早く勉強したかった。

3

月曜日、真之は、学年の子どもたちに「なめとこ山の熊」を読み聞かせた。この物語は、熊を撃って生計を立てている淵沢小十郎と熊との戦いと心の交流の物語だ。教科書の後で出てくる椋鳩十《むくはとじゅう》の「大造じいさんとがん」に通じる物語だが、大造じいさんはがんを逃がしてやるという、いわばハッピーエンドの物語なのに対して、なめとこ山では小十郎が熊にやられて死んでしまうという悲劇的な結末を迎える。熊と小十郎は、互いに心を通わせているのだが、やむなく戦う関係にあるのだ。

真之は、「もうじき宮沢賢治の作品を学習するので、その時の学習の参考になるように、賢治のお話を読みます」と前置きして、読み聞かせを始めた。

さすがに賢治の作品は、情景描写が半端ではない。感心しながら読み進めていくと、ついに熊を殺す場面となった。

「『熊。おれはてまえを憎くて殺したのでねえんだぞ。おれも商売ならてめえも射たなけぁならねえ。ほかの罪のねえ仕事していんだが畑はなし木はお上のものにきまったし里へ出ても誰も相手にしねえ。仕方なしに猟師なんぞしるんだ。てめえも熊に生れたが因果ならおれもこんな商売が因果だ。やい。この次には熊なんぞに生れなよ』

そのときは犬もすっかりしょげかえって眼を細くして座っていた」

真之はいつしか小十郎に感情移入して読んでいた。

子どもたちも真剣に聞いている。

母子の熊を助けてやる場面や、町で熊の胆《きも》を買い叩かれる場面を読み、いよいよ悲劇の場面となった。

「ぴしゃというように鉄砲の音が小十郎に聞えた。ところが熊は少しも倒れないで嵐のように黒くゆらいでやって来たようだった。犬がその足もとに嚙み付いた。と思うと小十郎はがあんと頭が鳴ってまわりがいちめんまっ青になった。それから遠くでこう言うことばを聞いた。

『おお小十郎おまえを殺すつもりはなかった』

もうおれは死んだと小十郎は思った。そしてちらちらちらちら青い星のような光がそこらいちめんに見えた」

読み聞かせが終わって、教室へ戻る時、笠井が「先生、素敵でした。涙が出ました」と声をかけてきた。

読み聞かせ計画はどうやら成功したようだった。


翌日、笠井の授業がスタートした。真之は、小林と一緒に参観席に着いた。ロッカーに子どもたちの教科書が集められ、机上は筆記用具だけだ。

笠井は、「注文の多い料理店」と板書し、子どもたちに問いかけた。

「このお話を教科書でもう読んだ人。または前から違う本で読んでいた人。いますか」
十二、三人ほどの手が上がった。
「そう。では、悪いけど、読んだ子はちょっと待ってね。この題名を読んで、どんなお話を想像しますか」

すぐに三人が手を上げた。

「すごくはやっているレストランの話」

「行列ができるラーメン屋さんの話」

「苦労して、店を出して、成功する話」

子どもたちは発言慣れしている感じだ。

「他にない。そしたらね。読んだ人も、読む前にはこう思っていたということを聞かせてくれる」

また、すぐに手を上げた子がいた。

「あの、私は、さびしい人が来て、いっぱいおしゃべりして元気になって帰って行くレストランの話かと思いました」

なるほど。そんな物語もありそうだ。面白い。

しばらく意見を聞いてから、笠井は模造紙に書いた一回目の文章を黒板に掲示した。教科書二ページの半ばで区切られている。

続いて笠井はプリントを配った。上段に文章が載っており、下段には書き込み用の余白がある。

「みんなで自由に声を出して読んでください。間違えてもいいですよ」

子どもたちが一通り読んだ後、笠井は、二人を指名して読ませた。あらかじめ読む子の順番は決まっているらしい。

「では、書きこみを始めましょう」

笠井は、用意していた短冊形のカードを黒板に貼りつけた。「わかったこと」「ことばのぎもん」「中身のぎもん」「思ったこと・感じたこと」「予想」と書いてある。同じ言葉がプリントにも書かれている。

子どもたちは、となりどうしで相談したりしながら、書きこんでいく。どうやら子どもたちは、こういう学習をすでに経験しているようだ。真之たちは知らなかったが、笠井は既に実践していたのだ。

十分ほどで、笠井はストップをかけた。

それから授業は、子どもたちの発表、意見のやり取りに移った。書きこんだことを話すのだから、意見も出やすい。「わかったこと」では、次のような発言があった。

「二人のしんしが出てきた」

「二人はてっぽうをうちに来た」

「場所はすごい山の中だ」

「犬が死んでしまった」

「案内の人がいなくなった」

などである。笠井は、それらを基に、物語の発端をまとめて板書し、次に「疑問」を訊ねた。

言葉の疑問は特になかったが、中身の疑問は次々と出された。

「いつごろの話か」

「しんしはなぜイギリスの兵隊の形をしているのか」

「山がものすごいとはどういうことか。それで死ぬのか」

などである。それから、一つ一つの疑問について話し合うのである。

いつ頃というのは、賢治の生きていたころだろうという意見でまとまったが、イギリスの兵隊の形については、意見が分かれた。

「しんしはイギリスの兵隊のかっこうにあこがれていたから」に賛成する子が多かったが、中には「賢治は、近くの海岸にイギリス海岸という名前をつけたりしていて、イギリスが好きだったから」という意見もあった。読書の好きな子だろう。

「山がものすごい」ということについては、みんな困った様子だった。だが、笠井は、必ずしも答えを出そうとはしない。解決しない疑問は、答えが出るまで次へ先送りするのである。読み進めば、わかってくるという考えなのだ。

驚いたのは、思ったことの発言だった。

「しんしは、自分勝手でわがままだと思う」

「付け足して言います。お金のことしか考えていない」

「しんしと言うけど、立派な人ではない」

「生き物を殺して面白がっている人です」

などである。はじめからすでに主題に迫る読みをしているのだ。もちろん、最後まで読んで、紳士たちがひどい目にあうということを知っているのかもしれないが、読む力がついているということを存分に見せてくれる授業だった。

4

その日の放課後、学年打ち合わせ会で、授業の感想と今後の方針が話し合われた。

「小林先生、どうだった」

「子どもたちがいっぱい発言してすごいです。面白かったです」

小林は感心しきった様子だった。

「ただ、ぼくがいきなり真似しても、あんなに発言してくれへんと思います。先生のクラスは、経験もあるみたいですし」

それは真之も感じることだった。自分たちがやっても、ああは行かないだろう。

「大丈夫です。先生、研究授業は、なるべく最後の場面にしはったら。そこへ行くまでにだんだん慣れてきますから」

これで話は決まった。学年として、この学習を一読総合法で進める。この間、教材研究したことを指導案に書きこむ。

　小林も納得して指導案を書いてくることになった。


　二日後、小林は、教頭に指導案を提出し、その日の放課後、学年三人が校長室に呼ばれた。

「学年で熱心に支援してくれてるんですね。ご苦労様」

　校長は、思ったよりも好意的に見えた。

「一読総合法でやろうというわけですね。それも面白いでしょう。小林先生、やったことはあるの」

「いえ、初めてです」

「そう」

　校長は少し黙っていたが、口調を変えて続けた。

「小林先生。指導目標が、教科書の方針とは違っているわね。学年で相談したの」

「はい。いろいろ教えていただきました」

「作品の主題を読み取ろうというのは、間違いではないけど、授業でそれを望み過ぎると、指導者の考えを押し付けることに陥りやすいです。わかる」

「はい」

「文学作品を読むとき、イデオロギー的にならない方がいいと思いますよ。あくまでも、物語の面白さを大切にしてください」

　真之は何か言おうとしたが、笠井が先に発言した。

「一読総合法の目指すのも、今おっしゃったことと同じですから。決してテーマ主義ではありません」

　校長はかすかに笑いを浮かべてうなずいた。

「先生は、もう経験を積んでいるから、そのお考えでやったらいいでしょう。ただ」

　校長はじっと小林を見た。

「小林先生は、まだ新任です。まずは指導書通りきちんとやることが大事なのと違う。指導書に批判を持つのは、それをまずやりこなしてからでいいのと違う」

　小林は黙ってうつむいている。ここは何か言わねばならない。

「あの、ぼくもまだ全く未熟ですが、たとえ新任でも、子どもたちに責任をもって授業をするからには、自分の意思が大切だと思います。どんな授業にするかは、一人ひとりの先生の判断によるものと違いますか」

「教員の自主性というわけね。自主性は大事だけど、なんでも好き勝手にやっていいということではないわよ。学習指導要領も学校の指導目標もあるでしょう」

「五年は、なにもそれに反していません」

　校長はまたうす笑いを浮かべた。

「違反とまではいかないわね」

　校長は、もう一度指導案に目を通している。

　真之は忙しく次の反論を考えていた。だが、校長は、「楽しみにしています」と言っただけで、指導案の書き換えは求めなかった。三人は一礼して校長室を出た。

「結局納得してくれたんでしょうか」

　小林は不安げだったが、笠井は校長に感心していた。

「校長先生、やっぱり国語の専門家ですね。一読総合法も知っていたし、納得してくれたんですよね」

「そう、ですね」

　真之はまだすっきりしなかった。本番で何か手厳しく批評されるのではという危惧《きぐ》が残っていたのだ。

「明日から、ぼくも授業に入ります。お互いにがんばりましょ」

　いよいよ小林も真之も授業をスタートさせることになったのだ。真之はふーっと息を吐きだして、気持ちを引き締めた。

　それから三人は、改めて今後の日程などを相談した。学年の課題は研究授業以外にもいっぱいある。

「子どもたちの様子はどう」

　いじめ問題などで苦労した真之は、授業以外にも目配りが必要だと思っていた。

　その晩九時ごろ、家に帰ると、美由紀が、待っていたように話しかけてきた。

「なあ、聞いて。保育所がピンチやねん」

「どういうことや」

「保育士さんが、続いて二人も辞めはったんや。一人は病欠やけど、一人はようわからん」

「そうなんや」

それは保育体制が大変だろう。学校以上に厳しいかもしれない。

「私らも、何か協力できることがあったら、やります言うたんやけど」

「人を探すいうことか」

「うん。まずは、保育士さん探すことやね」

「採用されたい人はいるんと違うか」

「考えが甘いわ。今はどこも人手不足やで」

美由紀から聞いてみるとなるほどと思う。保育士の給料は、同年代のOLなどと比べても圧倒的に低い。仕事の責任は重く、労働時間も厳しい。残業や日曜出勤もある。

「教員も大変やと思うけどさ、まだ専門職という位置づけで給与が支払われてるやろ。でも、保育士さんは、専門性がちゃんと給与に反映されてないと思う」

いちいちもっともな言葉だった。

「だから、いろいろ当たってはいるけど、代わりの人が見つけにくいんやて」

「求人広告とかしてるんやろ」

「新聞折込はお金がかかるし、なかなか難しいんやて」

「そうか」

「結局、つながりで探すしかないんよ。なあ、学校でも聞いてみて」

思えば、真之もつき合いはそう広くはない。職場の同僚や元同僚、後は青年部などの仲間、一部の親しくなった保護者くらいだ。

「今度辞めはった一人は男の保育士さんなんやけど、やっぱり居辛いんかなあ。保育所は」

真之は、改めて身近な保育所のことに無知だったと反省した。教員と同じように、子どもの成長に大きな役割を担っている学童のことは、美由紀と結婚してよくわかっているつもりだったが、保育所の問題には無関心すぎたのだ。

「ぼくも当たってみるよ」

当てのないまま、そう答える真之だった。

5

翌日から、小林と真之は一読総合法による授業をスタートさせた。研究授業まであと二週間だ。最終場面を本番でするつもりなので、毎日のように授業を進めていかなくてはならない。

笠井と同じように、模造紙に文章を書いたりするのはかなり面倒だったが、二人はがんばって、作業を進めていった。保護者にプリントを配って、授業のやり方を説明し、教科書も預かることにした。

二回、三回と授業が進むにつれて、初めは戸惑っていた子どもたちも、面白がって授業に参加するようになってきた。特に、なんでも疑問を言えるということで、普段はあまり手を上げたりしない子も、積極的にわからない言葉などについて質問するようになってきた。時には思いがけない意見が出ることもあった。

小林の方も順調に進んでいた。

「面白いですね。子どもが活発になってきました」

小林はかなり気持ちよさそうだった。

「注文の多い教室という題で歌を作りたいな」

そんなことを言うまでに、余裕を見せていた。

川岸や江藤たちも、真之たちの取り組みには注目していた。

「面白い授業になりそうやね。がんばってね」

川岸に声をかけられ、真之は笑顔でうなずいた。

週末は、青年部の会議だ。戦争法が可決された後、組合書記局に行くのは、久しぶりだった。一通り、経過報告が済んだ後、遠藤が提案した。

「みなさん。今度全市教で、ママ友の会を作ろうと思います」

みんなが、え？　という表情になった。

「あ、私はまだ独身ですけど、子育て真っ最中の若い組合員さんが何人かいてはります。お子さん連れで集まって、一緒におしゃべりして、苦労や要求を語り合う会にしたいんです。いかがですか」

思いがけない提案だったが、みんなはすぐ賛成した。

「もちろん、組合員以外の方や、家族の方も大歓迎です。ご夫婦そろってきてほしいなと思います。この会館の和室を借りて、子どもたちも遊ばせながらやります」

それは面白い。きっと美由紀も乗り気になるだろう。保育所の問題も、そこで話し合えるかもしれない。

真之は、大いに気をよくした。


週が変わり、いよいよ小林の研究授業を迎えた。授業は最後の場面だ。いよいよやまねこ軒で食べられようとしたたしんしたちが、死んだはずの犬に助けられるという結末である。

黒板に文章が張り出され、いつものように、音読、書き込みと授業は進んだ。小林は落ち着いて淡々と進めている。おそらく発言はいつも通りに出るだろう。時間通りに最後まで終われるかだけが心配だった。

校長は立ち上がって、子どもたちの書き込みを見ている。十分が過ぎた。

「それではわかったことを発表してください」

小林の言葉で、一斉に十人ほどの手が上がった。

「犬が飛び込んできて、二人は助かった」

「犬が生き返った」

「部屋が消えてなくなった」

「りょう師がやってきた」

「二人はだんごを食べた」

「二人は東京に帰った」

「二人の顔は元にもどらなかった」

小林は、一つ一つに相槌《あいづち》を打ちながら聞いていたが、ほかにないですかと促した。

「どんな小さなことでもいいですよ。大事なことがあるかもしれません」

新たに三人の手が上がった。

「なるほど。そうですね。ほかには」

「ニャオ、ゴロゴロと書いてあるから、ここの主人はやまねこだと思います」

「また風がどうと吹いてきたとあるから、風が吹いて、元の世界にもどったと思います」

おう、というざわめきが起こった。校長もうなずいている。子どもたちは物語の仕掛けをつかんでいるのだ。

次は疑問だ。

「どうして死んだはずの犬が生き返ったのか」という疑問が数人から出た。この作品で、その合理的な説明はない。三人の教材研究でもそういう結論になっている。だが小林はどうするのだろうか。

「みんなはどう思いますか。話し合ってもいいですよ」

しばらく経って、手が上がった。

「死んだと思っただけで、本当は生きていたと思います」

「時間がたったので、息を吹き返したと思います」

小林は、無理をしなかった。

「そうかもしれませんね。作者は、はっきりした説明をしていないから、これ以上こだわるのはやめましょう」

なるほど、ここでしつこく意見を求めても仕方がない。それでいい。

「ほかに、まだ疑問のある人」

一番後ろに座っていた男子が手を上げた。

「どうして、犬は助けに来たのかわかりません」

「なるほど、みんなはどう思いますか」

主人だから、飼い主だからという意見が相次いだ。

「岩本君、それでいいですか」

岩本という子は立ち上がった。

「死んでもお金を損したとだけ言うて、ほったらかすような主人に何で助けに行くんかわかりません」

真之は思わずこぶしを握った。すごい意見だ。

「岩本、いつも犬の散歩してる」「岩本犬好きや」

あちこちから声が起こった。

「岩本君。思ったことで、犬のことも書いてるやろ。それも今発表して」

小林の言葉で、岩本はプリントを読みだした。

「ぼくの家は犬を飼っている。家族と同じだ。もしも死んだらとても悲しい。お金なんか関係ない。なんでこんな主人を助けるのか」

教室はしんとなった。岩本の言葉がみんなの胸に響いたのだ。小林は何度もうなずいて聞いていた。

「付け加えて意見のある人」

男子の手が上がった。

「付け加えて疑問を言います。これから、主人は犬を大事にするのか」

しない、しない、という声が飛びかった。

今度は女子二人の手が上がった。

「私は、生き物を平気でうつようなしんしは大きらいです。食べられてしまってもよかったと思いました。」

「付け加えて言います。しんしは顔が紙くずのようになって、もう元にもどらなかったと書いてあったから、これから、毎日鏡を見て、殺した生き物のばちが当たったと思うだろう」

「なるほど、そうかもしれませんね」

こうして主題に迫る意見が相次ぎ、授業は盛り上がりのうちに進んでいった。

6

研究授業は、子どもたちの発言中にチャイムが鳴り、予定通りにはいかなかったが、十分成功したと言える授業だった。

真之は、自分の研究授業の時以上に興奮していた。小林ががんばったこともあるが、学年の結束が実を結んだのだ。よかったという気持ちが込み上げてきた。


その日の討議会は、「面白かった」「子どもたちが生き生きしていた」「新任なのによくあんな授業ができた」などの評価とともに、一読総合法に対する質問が相次いだ。

「いつもこの方法で授業をしているのか」「それが他に比べて、優れているという理由は何か」などである。

小林は、すこし困ったように答えた。

「すみません。ぼくは、今回が初めてです。何もかも、学年の先生方に教えていただいてやりました。だから、一読総合法が、絶対いいかどうかはわかりませんし、これからも色々なやり方を勉強していきたいです」

この発言は、みんなの好感を呼んだようだった。

校長もうなずいている。

　最後に校長がまとめの発言に立った。最初に型通り授業者へのねぎらいと学年の協力への感謝を述べた後、授業の感想に入った。

「私は、小林先生が、無理押ししないでやっているという姿に感心しました。わからないことはわからない。指導者の意見を押しつけない。これは立派だと思います。教師は、教材に惚《ほ》れ込まなくてはいけない。しかし、惚れ込みすぎてもいけない。これが授業では大事だと思います。先生のほうからは、賢治の思想がどうこうという演説がなかったことは本当に良かったと思います。まだお若いですから、これからいろんな経験をされ、勉強をされて、いいものを見つけていかれると思いますが、やはり、基本は指導書に学んでください。大事なことは指導書の中にあります。今日はご苦労様でした」

　校長の発言は、それほど棘《とげ》のないものだった。真之は安心し、改めて、強い疲労感を感じた。

　その日、三人は近くの居酒屋チェーンに行き、乾杯した。

「ありがとうございました」

　小林は、何度も二人に頭を下げていた。

「笠井先生のおかげやで。ほんまに勉強になりました」

　真之の言葉に、笠井は首を振った。

「違います。むしろ高橋先生のおかげです」

「どうして。ぼくは何もできてませんでした」

「そんなことないです。高橋先生は、勉強会も計画してくれたし、私が言い出したことをそのまま取り上げてくれたし、本当に、親身になって小林先生のことを考えてくれたし」

　小林も付け足した。

「ぼくもそう思います。お二人のおかげです」

　二人はしきりに、真之のことを持ち上げてくれた。

　真之はうれしかった。自分も学年主任だった小宮山に、いろいろ支えられて今日まで来たのだった。

「僕もお二人と同学年を組めて本当によかったと思います。これからも一緒にがんばっていきたいと思いますので、よろしくお願いします」

　三人はそれからしばらく食べたり飲んだりしながら、雑談を続けた。真之は、小林に組合加入を勧めたかったが、何となく言い出せなかった。今その話を切り出せば、恩着せがましく思われないだろうかというためらいがあったし、この場の空気が壊れそうな気がしたのだ。

　笠井が、ふと言い出した。

「討議会が終わってから、ちらっと教頭先生から聞いたんですけど。校長先生は、若いころ全国的な文学教育のサークルに入っていたそうで、今でも懐しがっておられるそうです」

　そうなのか。だから、今日の授業も、待ったをかけなかったのか。

「普通の学校で、新任にあんな授業させるとこないでとおっしゃってました。あ、それといちいち高橋先生に言わんでええでと」

「え、なんでですかね」

「あんまり先生と校長さんに仲ようなってほしくないんと違いますか」

　そうかもしれない。いずれにしても、校長には色々な面があるのだ。今にして思えば、小林のことで話し合った校長室でのやり取りも、子どもを第一に考えるあまりの発言だったのかもしれない。もちろんだからと言って、管理職としての立場は譲れないものがあるだろう。

　真之は、改めて大きく目が開けたような気がした。

第八章　大阪秋の陣

1

研究授業が終わった頃、波乱のこの一年を締めくくるかのように、大きな政治闘争が待っていた。大阪府知事と大阪市長のダブル選挙である。

四年前、真之は、小宮山たちとともに、前回の大阪市長選挙に関わった。選挙活動はおろか、投票すら行かなかったこともある真之にとっては、初めてと言っていい選挙戦の体験だった。

その選挙は、府知事だった橋下氏が辞任して、秋の市長選に立候補した時、維新市長を許さないという合言葉のもとに、それまで対立していた平杉市長を応援して戦った選挙だった。共産党もその一員である「大阪市をよくする会」は、独自に擁立していた候補者の辞退を受けて、応援する側に回ったのだ。残念ながら、平杉氏は破れ、橋下市長と松井知事が誕生し、大阪は維新の首長が一手に握る結果となったのだった。

それから、真之も実感するほど、大阪市政はひどいものとなった。職員に対する憲法違反の思想調査、民間校長の導入、幼稚園つぶしなどである。だが、その最大の争点であった大阪都構想を巡る住民投票で、彼らは破れ、橋下市長は、任期切れとともに政治家を引退する立場を表明した。

その後継者である吉本市長の実現を許すのか、それとも、維新政治を終わらせることができるのかが問われる選挙だった。

他方、有力候補としては、自民党の市議だった柳田昭氏が立候補する。「よくする会」は、平杉市長の時と同様に、独自候補を擁立せず、柳田氏を支援する方針を固めていた。同時に知事選挙では、「明るい大阪府政を作る会」が、自民党の府会議員だった栗谷貴子氏の支持を決めていた。

研究授業にかまけて、選挙をめぐる論議にはすっかりご無沙汰の真之だったが、十月の第四土曜日は、その問題を議論する青年部の会議だった。

真之は、いつものように出勤した後、午後から会議に向かったが、実のところ気が重かった。市長選や知事選に、自民党の市議や府議であった人を応援することにすっきりしていなかったのだ。応援する必要性は、もちろんわかる。反維新が独自候補を立てて票が分かれれば維新を利するだけということなのだろう。だが、やはり気が進まない。

小宮山と話したらすっきりするかもしれない。前の選挙の時も、小宮山の言うことに納得させられた。一度電話してみようと思いながら、電車に揺られていた。


会議では一通りの経過報告などがあった後で、出席していた山城全市教委員長から、今回のダブル選挙についての提起が行われた。

「みなさん、ご苦労様です。まず、『大阪市をよくする会』と、『明るい大阪府政を作る会』のアピールをみんなで読み合わせたいと思います」

みんなの手元には、二種類の文書が配られた。それぞれ、維新による政治を批判し、市長と知事選での共同のたたかいを呼びかけるものだった。「よくする会」は、次のように候補者を紹介し、推薦を表明していた。

「選挙に勝利するには、『反維新』のオール大阪の共同をつくることが不可欠です。大阪市長選挙では、自民党大阪市会議員団前幹事長の柳田昭氏が無所属で立候補することが決まりました。柳田氏は、住民投票において、『大阪市をつぶしてはならない』という共同の一翼を担い、論戦でも先頭に立つ姿は記憶に新しいところです。市長選出馬にあたって、橋下・維新の会が再び『大阪都』構想を掲げることを厳しく指弾し、『まっとうな市政をしっかりと取り戻す』こと、そのために多くの人々と連携して臨むことを明言しています。これは、大阪市をよくする会と一致するところです。大阪市をよくする会は、『反維新』の一致点での共同を実現する候補として、自主的な立場で支援し、その勝利に全力を挙げます」

また、「明るい会」も、次のように述べていた。

「『反維新』の新しい共同の広がりの中で、栗谷貴子・自民党府議団政調会長が知事選立候補を表明しました。栗谷氏は出馬にあたり、『当たり前のことができていなかった大阪府政を何とかするために、大阪維新の会の政治を終わらせる必要がある』『大阪維新の会は派手なことばかりで、府民の目線に立っていない。高齢者や子ども一人ひとりに心を配り、府民に寄り添える政治を目指したい』とのべています。『明るい会』は『維新政治ノー』『まともな府政を築く』という一点で、栗谷貴子氏を自主的に支援して、勝利のために総力をあげます。

栗谷氏と私たちが掲げる個々の政策や要求の違いはありますが、『維新政治』を退場させたうえで、『是々非々』の立場で臨み、各分野の運動を発展させることにより実現を目指します」

かなりの時間をかけて、二つの文書の読み合わせを終えると、山城委員長は、穏やかな口調で一同に語りかけた。

「みなさんには、色々な思いがあると思います。それはある意味当然のことだと思います。今日は率直に意見を出し合い、どんな活動ができるかも、考えていきたいと思います。よろしく」

この発言を受けて、遠藤部長の司会で一人一人が選挙への意見や疑問を出し合うことになった。最初に発言したのは、教科書問題でがんばっている緒方だった。

「僕は、自民党の議員であるお二人を推薦するのは反対です。前の選挙で、平杉さんを応援したのは、よかったと思います。けど、平杉さんは一応無党派です。自民党の幹部ではありません」

「柳田さんも、無所属で出馬しますよ」

山城委員長が言葉を挟んだ。

「けど、それで自民党の立場が消えるわけではない。この二人は、戦争法にも賛成したわけでしょう。安倍政権支持でしょう。なんぼ一致点があるいうたって、ぼくらとは水と油です」

この発言をきっかけとして意見が次々出た。

「自民党の人を応援するのは、気持ちがすっきりしません」

「君が代・日の丸かて、今まで押し付けてきたんやろ」

「たとえ負けても、こっちの政策を掲げてたたかってほしい」

これらの意見に対して反対の意見も出た。中学教員の長島は、この方針を歓迎すると言い切った。

「みんなそう言うけど、職場の中も、親の意見も、そんな革新支持ばっかりやないでしょう。自民党支持のほうが多いですよ。創価学会の人もいてるし。そんな人も、柳田さんやったら安心して支持してくれるやん。堂々と誰にでも言えるやん」

そういう考えも一理ある。真之はちらっと心が動いた。

遠藤が発言した。

「明るい会の文書で、知事選挙も、大阪市長選挙でも勝利してこそ、『維新政治』に終止符を打つことができます、と書いてるでしょう。今度の選挙で、勝たなあかんし、勝つためには共同せんとあかんと思うんです。

日本帝国主義の侵略と戦うために、国共合作いうのがあったでしょ。あれと一緒ですよ」

緒方がすかさず発言した。

「けど、その後すぐ内戦になった。大阪でも自民党とうまくやっていけるんですか。勝ったら無視されるとか」

「私たちは是々非々で行くと書いているでしょう」

「政策協定なしで、一方的応援というのでは、維新に勝ったとしても何も期待できない」

「それは一面的ですよ」

遠藤と緒方の議論で、みんなはしばらく黙り込んだ。

2

「よろしいか」

山城委員長が、軽く手を挙げた。

「みなさんの議論と同じで、執行委員会でも色々な意見が出ました。おそらく、『明るい会』でも、『よくする会』でも議論があったと思います。教育現場にいる私たちとしては、複雑な思いがいっぱいあります」

山城は少し言葉を切ってみんなを見た。

「ただ、相手方は、私たちのことを野合と言っていますが、決して野合ではありません。このたたかいが野合なら、住民投票も野合です。意見は違っても、一致できる点で共同するのは野合ではありません。私は、過去に職場の中で、君が代押し付けとたたかうためには、日頃対立していた解放教育派の人たちとも共同しました。同時に、彼らによる解放教育の押し付けに対しては、管理職とも協力し合いました。たたかいの中では当たり前の共同なのです」

山城は、緒方を見て続けた。

「反対意見も、組合ではもちろん尊重します。ただ、議論を尽くした上で、中央委員会や専門部の会議で方針が決まれば、その立場で、ぜひがんばってください。意見の違いは、運動を進める中で、議論を続けていきましょう」

緒方は、黙ってうなずいた。

この後、遠藤が、具体的な取り組みを提案した。

「残念ながら、私たち大阪市の教職員としては住民投票の時のように、街頭宣伝や地域ビラ配布などの活動は、制限があってできません。他府県から支援に来られる方々や、退職教職員の方々には、大いにがんばっていただくとして、私たちは、屋内で電話による支持拡大に力をそそぎたいと思います」

空気が重くなった。そうは言っても、電話かけにがんばろうと思う人はごく少数だ。真之もほとんどやったことがない。

「もちろん、それだけを提起したのでは、青年部のみなさんに集まってもらえません。学習をしっかりやること、住民投票の時のように、炊き出しに取り組み、一緒に食事を楽しんで、交流もしましょう」

遠藤は懸命に訴えた。冷めていた真之の気持ちは少しだけ前向きに変わりつつあった。

「明日は、午後、本部に集合して、学習したいと思います。よくする会から講師が来てくれますので、今日のような意見も大いにぶつけてください。それから、ママ友の会を、次の土曜日に開きますので、そちらもぜひ来てください」

遠藤のまとめで、会議は終わった。

帰り道で、小宮山にメールするとすぐ返事が返ってきた。来週木曜日の夜、退職教職員の会で、柳田、栗田さんを招いて、学習決起集会を行うので、よかったら来ないかという内容だった。

　できるだけ行きますと返信し、帰宅すると、美由紀が待っていた。

「保育所で、インフルエンザの子が出たんやて。ちょっと心配やわ。お母さん、もうじき海外旅行やし」

　幸い今は元気な真裕美だが、うつされたら大変だ。うつされなくても一時閉鎖になったら、やはり大変だ。節子ママがいなければ、自分たちが休むしかなくなる。

　真之は、付け焼刃の手洗いとうがいをして、真裕美を抱っこした。夕食ができるまで、真裕美と積み木で遊んでいると、長電話をしていた美由紀が傍にやってきた。

「なあ、明日お昼から留守番してくれる」

「いいけど」

　美由紀の話では、明日は午後から、学童連絡会で選挙活動に取り組むのだという。学習会と宣伝行動を、市内中心部で展開するそうだ。

「そっちはどう。活動の予定があるんやろ」

「いや、まだそれほどでも」

　自分も予定があるとは言わずに、反射的にいいけど、と答えてしまった後、真之はちょっと後悔した。まだ自分はやる気になっていないのだ。だが、美由紀の活動を支えることも大事なことだと自らを納得させた。

「そっちはどう。自民党の候補者推すことに、不満の声出てないか」

「うん。それほどないよ」

「美由紀は違和感ないか」

「ないこともないけど、勝つためには仕方ないやろ」

　美由紀はあっさりとそういうと、台所に戻っていった。真之は、何かしら取り残された気持ちだった。

　真裕美は無心に遊んでいた。

　月曜日、真之が校門で子どもたちを迎えていると、職員室から出てきた大沢が話しかけてきた。

「どや、君らのほうは、選挙がんばってるか」

「いや、まだ、それほどでも」

大沢は教務主任だが、市教組の分会長でもある。やはり、選挙は気になっているのかもしれない。

「市教組さんはどうですか」

「まあ、がんばってるんと違うか。ぼくはなんもせんけどな」

真之はふと尋ねてみる気になった。

「うちの校長さん、どんな考えなんですか」

「どんな考え言うてもな。まあ、真面目な人やな。教頭さんとは、ちょっと合わんらしいけど」

「どんなところがですか」

「わからん。肌が合わんのやろ」

大沢との会話はそれで終わりだった。

その日の放課後、真之が教室でパソコンに向かっていると、川岸がふらりと入ってきた。

「十月の詩、『夕日が背中を押してくる』か。いいね、この詩」

川岸は、背面掲示板を見ながら「小林君の研究授業、よかったね」などとつぶやいた。何か話しよどんでいる様子がちょっと不思議だった。いつもズバズバとものを言う川岸にしては珍しいことだ。

「今度の選挙やけど」

しばらくしてから川岸はそう切り出した。

「全市教では、自民党応援するんやろ。悪いけど、私はそれできない。だからごめん。この選挙は黙って見とく」

「わかります。ぼくも同じ気持ちでした」

それから、真之は青年部での様子を話した。川岸は何度もうなずいていた。

「私な、維新を倒さなあかんという気持ちはようわかるよ。けど、自民党の人らが、いい政治してくれるか言うたら、違うと思う。前の女性知事に戻るだけと違う」

その意見もわかる。「政策協定なしで一方的応援というのは納得できない」という緒方の意見もまだ耳に残っている。だが、ともかく前に進むしかないのだ。

「先生のお考えは十分尊重します。選挙は個人の意思で決めるものですから」

　真之はそう言うしかなかった。

3

　それから三日後の木曜夜、真之は、小宮山に誘われていた退職教職員の会のダブル選挙学習決起集会に出かけた。職場を出るのが遅くなり、会場の教育会館に、やっと着いた時は、すでに七時を回っていた。

　会場に入ると、およそ五十人ほどの人たちが集まっている。明るい会事務局次長の講演が行われている途中だった。真之は、小宮山を探しあて、一つ斜め後ろの空席に座った。講演の後は、大教組書記長のスピーチ、リレートークと続き、駆けつけた柳田氏が紹介された。

　柳田氏は、思ったより丁寧な物腰で集会参加者にあいさつし、「維新政治によって、めちゃめちゃにされた教育現場を、元に戻そうではありませんか」と訴えた。

　続く栗谷氏も、「自分の思いは、大教組などが訴え続けてきたこととそう変わらない。教育条件をよくしていきます」という風な訴えを行った。

　真之は聞いていて、二人に好感を持った。意外に一致できる点が多いと思えたのだ。自民党の議員といえば、君が代・日の丸を押し付けたり、組合を敵視したりするというイメージなのだが、やはり維新政治はひどいという点では一致できるのだ。少なくとも、維新の市長や知事よりはまともなことをしてくれるのだろう。

　集会が終わると、真之は小宮山と連れ立って、例のごとく近くの居酒屋に入った。小宮山は、少し疲れているようだったが、ビールが来ると、豪快に飲み干し、笑顔を見せた。

「まーくん。学校の中は最近どうや」

「まあまあです」

　真之が研究授業のことを話すと、小宮山はしきりにうなずいた。

「それはすごい。うそみたいな話や。けどな、大阪市や堺の学校で、いまだに民間教育研究団体と提携して公開授業やってる学校もあるのは事実や。だからお宅の校長さんも、そういう研究魂みたいなものがあるんやろな」

「そうですね」

「君のような真面目な教師は、結構好かれてると思うで。ただ」

小宮山は言葉を切って真之を見た。

「そんな校長でも、お上の言うことには逆らえなくなるということや。だから政治を変えなあかんのや」

小宮山は、ビールの追加を注文し、真之にも勧めながら、話を続けた。

「そこで、今度の選挙のことやけどな。ぼくは、大いに喜んでるんや」

そうなのか。本当に喜べる選挙なのか。いわゆる苦渋の選択ではないのか。そんな気持ちをよそに、小宮山は話を続けた。

「黒田革新府政が終わってから、知事も市長も、ずっとオール与党対共産党や民主団体という構図の選挙がたたかわれてきたな。はっきり言って、勝てる選挙とは思わなかったけど、筋を通してがんばるんや言われて、たたかってきたんや。国の政治もそんな状態やった」

小宮山はいつになく、しみじみした口調で続けた。

「それが、今はどうや。前の平杉さんの選挙から、反維新ということで、まったく立場の違う者同士が協力してたたかっているやないか。住民投票かて、保守も含めた市民との共同で勝てたんやないか。民主勢力だけでは無理なたたかいに勝てたやないか」

それは確かにそうだ。そうだが、自民党と組むのはやはり引っかかるのだ。

「統一と団結てよく言うやろ。同じ立場の者が共にたたかうのは団結や。けど、統一いうのは、立場が違うからこその統一なんや。自民党とぼくらの立場が同じわけがない。そんなもの同士が、力を合わせるからこそ統一なんや。維新はそれが一番かなわんから、悪口言うてるんや」

小宮山の話を聞いているうちに、真之もだんだん酔いが回り、気持ちが熱くなっていくのを感じた。

「国の政治も、安倍総理だけは許せんという勢力が一緒に手を組んだら倒せる。共産党は蚊帳《かや》の外いうてた時代は終わり、野党共闘の時代が来るんや。こんな面白い時代があるか」

小宮山は、真之をじっと見た。

「まーくん。ぼくのように退職した人間と比べて、現場の教職員はめっちゃ大変や。選挙言うても、制約だらけでできることがほとんどないかもしれん。けどな。戦前のあの時代に比べたら、今はできることもたくさんある。君らだからこそできることもある」

小宮山は熱く語り続けた。真之もそれに釣り込まれるように高揚してきた。

「維新政治を倒すためにがんばろう」

小宮山は乾杯を呼びかけ、ジョッキを合わせた。

その週の土曜日午後は、遠藤が言っていた「ママ友の会」のスタートする日だった。美由紀は、学童の仕事が抜けられず、真之が真裕美を連れて出かけることになった。

会場のエル法円坂に車を置き、真裕美を連れて和室の会場に入ると、なんと千葉がいた。

「いらっしゃい。真裕美ちゃん」

千葉は、目を細めて、真裕美の頭を撫《な》でた。

「今日はお手伝いに来たんよ。にわか保育士」

「そうですか。お疲れさんです」

次第に人が集まり、予定の二時には、子どもたちがにぎやかに走り回りだした。ママたちは七人、パパは真之を含めて三人。子どもたちが十人だ。小学校中学年くらいの子から乳児までいる。スタッフのベテラン教職員も五人ほどいる。

遠藤が簡単にあいさつして会は始まった。二部屋打ち抜いていた部屋を半ば閉めて、片方は保育室とし、片方は、会議室とする格好だ。

千葉たち保育係は子どもたちに用意した紙芝居を見せている。会議室では、全市教の神部女性部長が、資料を配布し、権利問題について話を始めた。

「私たち教職員の権利問題については、大事なことがたくさんありますが、まず、資料を見てください。文科省発表によると、二〇一三年度の教員の病気休職者は、八千四百八人、大阪では六百八十八人となりました。うち精神疾患は、前年度より百十八人増え、六割を占めています。年代別にみると、二十代が七八・九％と最も高く、三十台が六四・五％と続いています。大阪においては、アンケートの答えで、心の健康に不安という人が五七％にも達しているのです」

神部部長は、こうした背景には、教職員の異常な長時間労働や、大阪府の進める管理と競争の教育政策があるとして、学力テスト対策、小一からの英語教育などの問題を指摘した。

「二〇一四年度、大阪の府立学校においては、千人以上の教職員が、過労死ラインと言われる月八十時間以上の労働をしていることが明らかになっています。一日も早く、是正させなければなりません」

三十分ほどの学習の後、子育ての交流や、職場の交流などをする予定だったのだが、子どもたちがかなり騒がしくなってきたので、一緒におやつを食べながら、自由にしゃべることになった。

女性の組合員たちは、たいてい顔見知りのようだ。子ども同士も、年上の子がうまく遊ばせている。話題の中では、パワハラの問題なども出た。管理職や同僚で、子育て中の教員に対する配慮のない言葉を浴びせる人がいるという発言や、悪意はないのだろうがセクハラ的なことを言う人もいると訴える人もいた。女性たちのパワーに圧倒されたのか、男性の参加者は静かだった。

予定の時間はすぐに訪れた。最後に遠藤が、「ダブル選挙がんばりましょう」と訴え、会は終わった。

4

真之は、千葉を天王寺駅まで送ることにして、一緒に乗り込んだ。

「まーくん。なかなか子育てもがんばってるんやね」

「いや、今日はたまたまです」

「そうなん、美由紀ちゃん元気にしてるの」

「はい。多分今日も選挙で動いていると思います」

「えらいやん。あの子はほんまにがんばり屋さんや」

どうやら、美由紀は千葉とはしょっちゅう電話でしゃべっているらしい。真之への愚痴もこぼしたりしているのだろう。

「今日のような会、うちの地域でもやってるんよ。私の家提供して来てもらってるんやけど、そら、もうにぎやかにぎやか」

千葉の家ならさぞ楽しい雰囲気だろう。

「この頃、ほんとに専業主婦いうのはいなくなったね。女性の社会進出いうのはええことやけど、実のところ、それだけ生活がしんどなってるんや」

「保育所とかは、ちゃんと入れてるんですか」

「いや、待機児童もかなりいてる。二人目の子が欲しいけど、心配で産まれへんという人もいる」

千葉は堺市に住んでいるが、大阪市はたぶんもっと厳しいのだろう。

「ほんとに政治を変えなあかんね。国も、大阪も」

千葉はふーっとため息をつくような声を出した。

「確かに今度の選挙は難しいと思うわ。マイ名簿でいつも支持してくれる人に電話してても、ハイハイではのうて、なんで自民党と組むんですかて言う人がおるしな。なんで維新はあかんのですか、自民党よりましと違うんですかと言いはる人もいる」

やはり、千葉もそういう思いを実感しているのだ。

「けどな。今度は入れやすいという人もいるし、まあ、そこは色々やな」

話しながら、千葉はやはり楽天的な結論に持っていく。聞いていると不思議に心が明るくなっていくのだ。もっとゆっくり話しこみたかったが、車は天王寺駅前に着いた。

「ありがとう。またね。真裕美ちゃんバイバイ」

足早に去っていく千葉を見送って、真之はゆっくりと車をスタートさせた。チャイルドシートで、真裕美はすっかり眠り込んでいた。

翌朝真之が目を覚ますと、美由紀が心配そうに真裕美の額に手を当てていた。

「熱があるわ、この子」

美由紀は急いで体温計を取り出し、熱を測った。

「三十八度ある。ヤバイ」

「昨日連れて行ったのがあかんかったんかな」

「わからんけど、とにかく、インフルエンザでないことを祈るわ」

日曜日なので、病院は開いていない。救急病院に駆け込むというほどではないし、ともかく様子を見るしかない。二人とも今日は選挙活動、特に知事選の決起集会などの参加を予定していたが、絶対に行かなくては困るということはないので、家の方は大丈夫だが、問題は明日以降だ。保育所を休むようなことになれば、節子ママは海外旅行中だし、たちまちお手上げだ。

真之は、忙しく今週の予定を思い浮かべた。明後日は文化の日で休みだが、学校では企画委員会や職員会議などの会議もあるし、学習参観も近づいている。おいそれとは休めない気持ちだった。

結局二人とも家にいることにして、近くの薬局で買った市販の風邪薬を飲ませ、真裕美を見守ることになった。

真裕美は案外元気で遊んでいたが、お昼に食べさせた離乳食を戻してしまい、二人はまたまた慌てることになった。

「お医者さん開いてるとええんやけどね」

「うん」

明日熱下がらんかったらどうすると聞いてみたかったが、言えなかった。真之としては美由紀が休んでくれることを期待したが、そう軽々しくは言えない。何しろ、美由紀だって働いているのは同じなのだ。そうは言っても母親がこういう時には大事だろうと言いたい気持ちもあるが、それも無責任な気がする。何とか元気になってほしい。昨日連れ出したことが悔やまれて仕方がなかった。

月曜日になっても、真裕美の熱は下がっていない。もしかしたら、インフルエンザなのかもしれない。

「私、午前中お医者に連れて行くから、お昼から休んで帰ってきてくれる。二時にバトンタッチ」

やむを得ない。今日は企画委員会があるが、笠井に代わりに出席してもらおう。明日は休みだし、なんとかなる。

真之が後半休を取り、急いで帰宅すると、美由紀が出勤の服装で待っていた。

「風邪やった。インフルエンザではないって」

「よかった。助かったなあ」

「うん。けど、熱が下がるまでは休まなあかんから」

「そうやなあ」

かつてないピンチだった。悪くすると、三、四日は覚悟しないといけないだろう。そんなに休み続けるなど考えられない。真裕美の寝顔を見ながら、真之の気持ちは重苦しかった。もはや選挙のことは頭から吹っ飛んでいた。

翌日の文化の日は、美由紀が家にいてくれることになり、真之は少しでも活動に参加しようと、組合書記局に出かけた。住民投票の時と同じように、炊き出しカレーの香りが部屋中に漂い、三人の青年が食べている。三人とも顔は見たことがあるが、あまり親しくしゃべったことはない人たちだった。

「ご苦労さん。食べる」

遠藤が声をかけてくれたが、真之は食欲がなかった。

「どうしたん。お昼食べてきたん」

「いや、ちょっと」

真之は、少しだけ電話かけして帰ると告げ、設置された臨時電話の前に座って、マイ名簿のノートを取り出した。これまでの選挙や住民投票で訴えた人たちの名簿だった。前の職場の同僚や、わずかだが教え子の保護者名も書き込んである。三十人くらいであまり緊張感なく訴えられる相手だった。おそらく、自分が声をかけなくても支持してくれる人たちなのだろうが、電話をかけることで、自分もがんばったという気持ちになれるのだった。

遠藤たちベテランの活動家は、テレデーターで無差別に電話をかける。真之はなかなかそれができない。教員ができることは限られているので、いつかはそんなこともやれるようにならなければいけないのかもしれないが、自分にはまだ無理だと思う。

真之は、とりあえず、前の職場の人たちに電話をかけ始めた。二軒続けて留守で、三軒目には子どもが出て、お父さんは留守ですと言った。

真之は一時間ほど電話したが、対話できたのは六人だけだった。親しい相手とは話も長くなり、そう無下に切るわけにもいかない。結局、対話六、支持十一という結果だったが、ともかくも活動に参加し、早めに引き上げることにした。

家に帰ると美由紀が、待ちかねたように話しかけてきた。

「真裕美の熱、まだ下がらへん。明日どうする」

「明日は職員会議や。絶対休まれへん」

「そう言うけど、私も会議がある。午前中はいいけど、お昼からは帰ってきてほしい」

美由紀はいつになく譲らない。だが、明日の職員会議は抜けられない。笠井のメールでは、校長が学校スタンダードについてという新提案をした。詳しくは学校で話したいと言っている。職員会議ではどんな議論になるかわからないが、どうしても出ておきたい。

「僕はどうしても休まれへん。責任があるんや。わかってくれ」

真之がやや強い口調で言うと、美由紀はうなずいた。

「わかった。明日は休みます。けど、明後日はまた相談してな。明後日は学童の父母会もあるし」

「わかった」

これで話は終わったと思ったのだが、美由紀はまだ終わっていなかった。

「なあ、真之さん。私たち、子育てに関しては平等だと思う」

「どういうことや」

「平等に負担してくれてると思ってる」

「いや、そんなことはない」

確かに、真裕美のお迎えも真之のほうがはるかに少ない。予定変更の時も、たいてい美由紀は無理してくれた。

「学校の仕事に比べて、学童の方が休みやすいと思う」

追い打ちをかけるような美由紀の言葉だった。真之は思わずイラっとした声を出してしまった。

「思ってへんわ」

「何大きな声出してんの」

美由紀は、静かな口調で言った。

「男の人は、外では民主的な考え方を持っていても、家の中では違うと何度も聞いたけど、やはりそうなんや」

「決めつけるなよ。なんやそれ」

真之も気色ばんだ。

「現に今も話し合って決めたやないか」

「私が譲ると思ってたやろ」

真之は黙っていた。何を言っても余計こじれそうな気がしていた。

「ごめん。言い過ぎた」

美由紀はそう言って立ち上がった。真之も黙って、自分の机に向かった。美由紀のすすり泣く声が聞こえてきた。

5

翌朝、二人は何ごともなかったように、朝食をとり、真之は出勤した。だが、昨日の言い争いは、まだ心に重く澱《よど》んでいた。なぜ美由紀はあんなに攻撃的だったのだろう。内心ずっと不満を抱えていたのだろうか。釈然としなかったが、美由紀の方もよほど休み辛い状況があったのだろうと考えることにした。

職員朝会が始まったが、校長がいない。

「校長先生が、突然のご親族のご不幸で、忌引きをとられましたので、今日の職員会議は来週に延期します。学年で、よく話し合っておいてください」

教頭の言葉で、真之は、今日も時休を取ろうと決めた。授業が終わってすぐ出れば、子どもに迷惑はかからない。

真之は、すぐ時休届を出しにいったが、教頭が呼び止めた。

「高橋先生。どうしたんや。突然連続時休取るてか」

「はい、子どもが風邪で熱が出て」

「奥さんは、どうしてはるんや」

「妻も仕事がありますから」

「フーン、君とこは、奥さんの方が仕事優先か。たいしたもんやな」

「いや、妻も休んでいますから」

このやり取りを聞いていたのか、少し離れた所にいた川岸が突然強い口調で教頭に抗議した。

「教頭先生。子どもが病気したら、休むのは女性の務めですか」

「わしがいつそんなこと言うた」

「そうとれるご発言でした」

「そうか。そうとるのは君の勝手やけどな」

「なんですかそれは」

教頭は無視して校長室へ入っていった。川岸はしばらく後姿をにらんでいた。

川岸と真之は、教室へ上がりながら話し合った。

「大変やね。お子さん」

「はい。参りました」

真之は、美由紀に厳しく批判されたことを少し話した。川岸は足を止めて真之の話を聞いてくれた。

「私が言うのもなんやけど、奥さんの気持ちようわかるわ」

「そうですかね」

「あなたもようやってはると思うよ。でも、やはり、男女間の意識の違いはあると思う」

それから川岸はぽつんと言った。

「教頭は相当、校長に対して女のくせにという意識を持ってると思うわ。一応立ててはいるけど。鬱積してるんと違う」

そうなのか。二人の間には葛藤があるのだろうか。

「ところで、企画会では何が提案されたんですか」

「まだ、漠然としてるけど、学校スタンダードの先取りをしていこうということやねん」

笠井も言っていた学校スタンダードについて、真之はまだよくわからなかった。詳しく聞きたいが、子どもたちがどんどんやってきて、二人の話はそこまでとなった。

それから、真之は急いで美由紀にメールし、午後帰るからということを伝えた。美由紀からは絵文字で返信が来た。ごめんな。と書いてあった。

その日、真之は、午後の授業を学年合同の体育にしてもらい、半休に切り替えて職場を出た。教頭への抗議の思いもあった。休暇は権利なのだ。自分が積極的に取ることで、笠井も取りやすくなるのだ。

そんなことを思いながら家に帰ると、美由紀が明るい表情になっていた。

「お疲れさん。熱下がってきた」

「そうか」

「明日午前中お医者さんに行って、昼から保育所に連れて行くわ」

「大丈夫か」

「もういけると思う」

二人の間は、何となく修復したようだ。

「カレー作っといたから、晩御飯適当に食べてな。私、帰りちょっと遅いけど」

「了解」

今日の給食もカレーだったが、真之は黙っていた。

その日、美由紀は七時半ごろに元気よく帰ってきた。

「今日、初めてマイクでしゃべったよ」

美由紀は、市内の全駅頭宣伝に参加している。すべての駅で、夕方、日替わりのニュースを配って宣伝しようという大作戦なのだ。小宮山たち退職教職員は積極的に参加しているが、残念ながら、現役の教職員は、たとえ組合役員でも参加できない。その点美由紀は自由な立場だ。

「どんなことしゃべったんや」

「どんなことって、まあ色々やけど」

「なんか頼りないなあ。原稿あるんやろ」

「あるけど、読んでるうちに思いついたことしゃべる方が楽しいんよ」

「例えばどんなこと言うんや」

「この選挙は、大阪市の運命がかかっています。大阪市をなくさんといてと思う人は、何党支持の人も、絶対、維新に入れんといてください。もし、維新が勝ったら、有権者の支持を得たから、大阪市をなくして大阪都にします、もう一回住民投票しますて言いだしますよ。勝つまでじゃんけんが維新のやり方です。気をつけてくださーい。て、まあこんな調子やね」

美由紀は上機嫌だ。

「立ち止まって、がんばってなとか言うてくれる人が、三人もいたし、ビラもよう受け取ってくれる」

「そらよかったなあ」

この分だと、日曜日も、自分が家で子守をして、美由紀に活動してもらった方がよさそうだ。といってもそうもいかない。自分も組合役員なのだ。できることはしなければならない。

「一発、テレデーターで電話かけするかな」

真之は、足を踏み出す気になっていた。

二人は久しぶりに、缶酎ハイとビールで乾杯した。スマホが鳴っている。川岸からのメールだった。

「今日は余計なこと言うてごめん。でも、職員会で私は追及するつもりです。それと私も投票にはちゃんと行くから。ではがんばってください」

川岸が応援してくれればすごいのだが、まあ、投票してくれるだけでもいいだろうか。棄権すると思っていた真之は気をよくした。

「おれ、コーヒー飲みたくなった」

真之はビールを飲み干して立ち上がった。残り期間、できる限りがんばろうという思いが湧いてきた。

6

翌日、真裕美は無事に保育所に復帰することになった。また、二人の日常生活が戻ってきたのだ。だが、今回の真裕美の発熱は貴重な教訓だった。子育て中は、いろんなことがあって当然なのだ。そのことを肝に銘じ、二度と美由紀に非難されるようなことにはなるまいと思った。

それから、二人は交代で選挙に取り組んだ。真之が早く帰った日は、美由紀が駅頭宣伝に出かけ、美由紀が早く帰った日は、真之が電話かけに向かった。最後の日曜日は午前と午後に分かれて行動した。

組合書記局に来るメンバーは、青年部というよりも、親組合の役員たちがほとんどだったが、日曜日だけは、炊き出しもして、にぎやかに交流した。

職場の中は、ほとんど反維新の票が読めているようだったが、選挙に行かないという人も結構いるようだった。

「あんたらが、がんばってるのはわかるけど、解放同盟と癒着した市政を変えるだけの力はなかったやろ。橋下さんやから、びしっとやってくれたんやで」

対話の中で、給食調理員の人から、こんな声が返ってきたという青年がいた。その人は、組合に入らなかったので、市職労系の職員たちから、つまはじきにされてきたのだという。

遠藤もそれに応えて発言した。

「私も一緒のこと言われました。今まで、共産党とか支持してくれた人やけど、負けても負けても応援してきたのに、今度は何で変わってしもたん、と言われました。説得したけど、平行線でした」

川岸の考えもよく似ている。そんな話を聞くと、改めて、なぜ維新政治が大きな支持を持っているのかわかる気がした。かつて同学年の主任だったが、がんのために亡くなった谷口高子も、同じような考えの持ち主だった。いい人だったが、議論になると、なかなか太刀打ちできなかったことを思い出した。まだ真之は、職場の人全員に声をかけ切れていない。がんばらなければと思いつつ、なかなかできない弱さも感じながら、日は過ぎていった。

職員会議では、なぜか学校スタンダードのことは、提案されなかった。教頭はあいまいな言い方で、「もう少し検討を深めて提案したいと考えています」と言ったが、もしかすると校長との意見が分かれているのかもしれなかった。

ついに投票日が来た。真之たちは朝一番で投票を済ませ、ゆっくり朝食を摂った。

「どうするの、今日。棄権防止があるんでしょ」

「うん。ちょっとやけどな」

「ほな行って。私、今日は留守番する」

「ええのか」

「うん。もしかすると今日、母が来るかも」

節子ママが海外旅行から帰って、お土産を持ってくるらしい。美由紀は、いると言ってしまったそうだ。

「わかった。行ってくるよ」

朝食が済むと、真之は書記局に出かけた。いつも通りの顔ぶれに加えて、大教組役員の前畑もいた。

「ご苦労さん、まーくん。この選挙ずっとがんばってくれたそうやな。遠藤さんから聞いたわ。ありがとう」

前畑と握手を交わし、真之は、マイ名簿で電話をかけ続けた。まだ午前中なのに、留守が多い。十人くらいと対話しているともうお昼になった。

炊き出しの焼きそばを食べながら、真之は、ふと、小林のことを思った。四年前の市長選の時、あっさりと負けてしまったが、三輪という講師の青年が、自分たちを元気づけたいと思ってか、組合加入してくれたのだ。今では堺市の方で元気にやっている。

今回も小林に組合加入を勧めればよかった。もしかしたら入ってくれるかもしれない。選挙の結果にかかわらず、来週にでも勧めてみよう。そんなことを考えたりしながら、昼食後、もう一度留守のところに電話をかけ、三時過ぎに書記局を出た。

真之は、帰りの電車の中で思った。がんばった割には、何が何でも勝ってほしいという切実感がない。やはり、自民党の候補だからだろうか。いや、そんなことは吹っ切れたはずなのになぜだろう。自分でも不思議だった。

「お疲れ様」

家に帰ると、美由紀が待っていた。

「節子ママは」

真裕美を抱き上げながら真之が尋ねると、美由紀は首を振った。

「疲れて今日は寝てるんやて。また来週のお楽しみやて言うてきた」

夕食を終え、テレビをつけると、八時ちょうどに維新候補の当確を告げるテロップが流れた。四年前と同じように、なんともあっけない敗北だった。

第九章　学校スタンダード

1

それから真之は、美由紀と話し合った。なぜこんなに負けるのか。維新がなぜこんなに支持されるのか。二人とも答えは見つからなかった。だが、共通していたのは、サバサバした感情だった。

「あの人らずっこい。また住民投票やらせてくれとかは全然言わなかったやろ。けど、勝ったからやらせてくれて、また言うに決まってる」

美由紀の言葉に真之はうなずいた。確かにそうなるだろう。またしても住民投票をやることになるのか。もううんざりだった。

「それとな、学童の人らが言うてたけど、自民党は、真面目に選挙やってなかったんと違うかて」

「そうなんや」

「実際に一生懸命駅で宣伝とかやってたん、私らだけやろ。ニュースかて、日替わりで発行してたんやで」

真之は、街頭に出なかったが、そう言われればそうなのだろう。

「とにかく、共産党とか、明るい会は一生懸命がんばったのに、負けたと言うことは、自民党への批判がきつかったからやで。私らが力不足で負けたんと違うで」

「なるほど」

真之は何かしら納得した。なぜ負けた悔しさをあまり感じないのかと思ったが、それは自分たちのせいで負けたのではないからだ。応援者として、目いっぱいがんばり、やることはやったのだ。春の統一地方選挙のように、かけがえのない議員を失った選挙とは違うのだ。

こうして、大阪の政治決戦は終わった。勝ったり負けたりの一年間はあとひと月余りを残すのみだが、学校の中は、まだひと山ありそうな気がしていた。

十一月最後の土曜日、真之たちは久々に職場教研で集まった。今回は八尾市の江藤の家だった。真之、江藤のほかに川岸、森下、植村も集まった。

金曜日の晩から煮込んだというおでんとおにぎりを囲んで、五人は大いに盛り上がった。

「どうぞ召し上がってください」

江藤の言葉で、一斉に箸が伸びた。真之は、卵と大根を取り、辛子をたっぷりつけてほおばった。うまい。味がしっかり染みている。

「美味《おい》しい」という声が上がり、みんなは食べることに集中した。

食事が終わり、口々に江藤の奮闘に感謝してから、いつものように、学級の様子や、近況報告が交わされた。江藤は、六年生の授業が少し荒れ気味でやりにくくなってきたこと、森下は、最近帰りが早く、教頭がいい顔をしないことなどを報告した。

「教頭がいい顔をしないって、どんな風に」

川岸が尋ねると、森下はちょっと考え込んだ。

「はっきりと口に出して何か言われたわけではないんですけど、その時の言い方や表情が不愉快なんです。突き放したようにに、ああ、ハイハイとか、わかりましたよとか。そうそう、一度、夫のことを聞かれました。ご主人は忙しいんか。協力してくれてんのかと」

真之は、自分が休みを取った時の教頭の不愉快な言い方を思い出し、そのことを話すと、川岸は何度もうなずいた。

「分会として一度きちんと申し入れよ。ほとんどパワハラに近いわ」

川岸はこの種の問題に敏感だ。しばらく職場の中に目が向いていなかった真之は、教職員の権利などにも気をつけなければいけないと思った。

「それと、企画会で出た学校スタンダードのことやけど」

川岸の言葉で、話題はその問題に移った。十二月の職員会議で必ずこの問題は出されるだろう。前もって勉強しておく必要がある。

「私も詳しいことはわからんけど、全国的に学校スタンダードということは言われてるみたいやし、大阪市も検討しているらしいから、いずれ職場に下りてくると思うわ」

「大阪市で、そんなんやってる学校があるんですか」

「府下では、やってるとこあると思う」

川岸の説明によると、学校スタンダードというのは、学校生活のルールや、授業の進め方などを細かく決めて、みんながそれに合わせていくようにしようというものだ。学校生活にある程度のルールはあって当然だが、あいさつの仕方や、持ち物に至るまで、細かく規制していくということらしい。

「授業の進め方まで一律にやれということですか」

「そういう感じやね。発言の仕方とか、その他色々」

「それをうちの学校でもやろうというわけですか」

「わからんけど、もしかしたら、うちをモデル校にしたいと思ってるんと違う」

そうだろうか。だが、あの校長が、そんなことを考えるのだろうか。

真之は、スマホで、学校スタンダードをいろいろと調べてみた。大阪府の教育センターや、門真《かどま》や枚《ひら》方《かた》など、いろいろな市で、授業スタンダードということが打ち出されているようだ。

「お互いに勉強しましょう」

その日の話し合いはそこまでで、あとは、クラスの子どもの話に移った。真之も、このところ子どもたちにはあまり目が向いていない。一応は落ち着いているようなのだが、しっかり気配りをしていかなくてはならない。気持ちを引き締めて、その日の会は終わった。

その晩、真之はパソコンで、ネットを検索し、門真市版授業スタンダードというページをプリントした。

「教師主体の授業から、子ども主体の授業へ」というタイトルで始まる。それ自体はいいことのようだ。

授業の流れとして、はじめ（おわり）のあいさつという項目では、授業開始時に、起立・礼をし、授業に臨む姿勢や心構えをつくらせます、と書いてある。そのあと、順次授業の流れを示しているのだが、特に反対したくなるようなことは書いていない。自分の考えを持つ。グループで伝え合う。全体で高めあう。振り返るなど、普通に授業でやるようなことだ。教師の言葉づかいや板書のことなども、そう引っかかるようなことはない。

校長は、こうしたモデルの学校版を作ろうとしているのだろうか。だが、なぜそこまでやる必要があるのだろう。それ自体は、さほど問題のあることが書かれていなくても、いちいちチェックされたり、そこからの逸脱を許さないというようなことになったら、困るのではないだろうか。

もっと調べてみよう。真之はネットを調べながら、遅くまでいろいろと考えを巡らしていた。

2

次の週、職員会議の時が来た。配布された資料に学校スタンダードについてという項目はあったが、詳しいことは書かれていない。

いくつかの案件が報告、処理された後、教頭が、本校における学校スタンダードの作成を目指してという提案を始めた。

「すでにみなさんも、勉強しておられると思いますが、学校スタンダードの時代が始まろうとしています」

教頭の話では、大阪市教育委員会は、学校スタンダードの研究を進め、授業のあり方についても研究が進んでいるとのことだ。

「本校としても、それに学んで研究を進め、港小学校としてのプランを作っていきたい。来年度の重点課題として、各部門に分かれ、研究を進めていきたい。いずれ、研究モデル校として指名を受けるようなことがあっても、慌てることなくやっていけるようにしたい」

話を聞いて、真之は少し安心した。今すぐどうするというのではなく、来年度研究していくということでほっとしたのだ。川岸が挙手した。

「質問です。まだ大阪市が決めてもいないものを、なぜ本校でやる必要があるのですか。何か内示があるのですか」

「内示などはありません。しかし、いずれ必ず各学校には指示が来ますから、早めに一緒に研究していこうということです」

川岸はさらに発言した。

「もし、本校がプランを作ったとして、それと違う内容のものが下りてきたらどうするのですか」

校長が立ち上がった。

「すでに府の教育センターや各地で、研究が進んでいます。それらを踏まえて研究すれば、大きく的外れになることはありません」

教頭が付け加えた。

「ご承知のように、校長先生は国語教育の専門家です。市教委の研究部会でも、中心的な役割を果たしておられます。その専門性を生かして、授業のあり方などについては、私たち教職員を指導していただくつもりですので、信頼してください」

川岸もそれ以上は何も言わなかった。なんとなく職員会議は終わり、校長と教頭は校長室に入っていった。

それから、真之は笠井と教室で話し合った。

「先生、どう思う。今日の話」

「私はちょっと不安です。詳しくはわからないけど、スタンダードというのは、つまり基準を設けて、そこからはみ出さないということやと思いますから、こないだのような授業はもうできなくなるんと違いますか」

確かにそうだ。あいさつ一つとってみても、起立、礼、着席ではなく、教師の方から、おはようと声をかけることもあっていいし、授業に至ってはなおさらだ。

時間をかけて勉強していこうと真之は思った。

家に帰ると、聞き覚えのある声が飛び込んできた。

「お帰りなさい」

義母の声だった。お土産の赤い服を着せてもらった真裕美を抱っこした節子ママが、ニコニコ顔で待っていた。

「本格的な日本料理が食べたいというから用意したよー」

美由紀の言う本格料理とは、豆腐の味噌汁、アジの開き、納豆、ほうれんそうのお浸しといった、まるっきり朝食メニューだった。

　八時を回った遅い夕食となったが、ヨーロッパではこの時間はまだ明るいのだそうだ。

「どこがよかったですか」

「スペインとイタリアを回ったんだけど、どこも素敵だったよ。フィレンツェの街並みも素敵だったけど、一番心に残ったのは、ピカソの生家のあった裏街やね。今でも瞼《まぶた》に浮かぶわ」

　女友達四人で、十日間かけて回った旅の楽しさをとめどなく話す節子ママだった。

「ところで、真裕美ちゃん風邪やったんやね。私がおらなくて大変やったね」

「もう治ったんやけどな。保育所の方もかなり大変そう。この前退職した人の代わりに来た保育士さんがまた辞めたらしい」

　美由紀の話によると、正式には何も聞いていないが、人員補充に雇用した男性の保育士が、ひと月ほどで辞めたそうだ。

「やはり、男性一人だけいうのは働きづらいのかな」

　根本的には、ハードな勤務時間、責任重大な割には低賃金。そんなことがあって、なかなかどこでも保育士が不足しているらしい。介護の仕事もよく似たもので、過酷な仕事に見合う給与が支払われていないのだ。

「保育士さんも、教員と同じで、高度な専門性が問われるはずやのに、単なる子守としてしか見られてない、政治の問題や」

　しきりに憤慨する美由紀だった。そんな美由紀を見ながら、節子ママは、真裕美に笑いかけた。

「相変わらずやね。あなたのママは」

　真之も苦笑しながらうなずいたが、保育所のことは確かに心配だった。

　節子ママが帰った後、真之はパソコンに向かって、学校スタンダードの資料を調べ続けた。

　翌日真之が出勤すると、教頭が声をかけてきた。

「高橋先生。今日は笠井先生が年休や。森下先生も昼から休む言うてきたし、難儀なこっちゃ」

「そうですか」

「学年の方は頼むで」

「わかりました」

「休むのは権利やけどな。大変や、こっちは」

教頭はつぶやきながら去っていった。相変わらず小言の多い人だと思いながら、真之は急いで教室に向かった。小林と打ち合わせをしなくてはならない。

小林は、早くから出勤しているはずなのだが、教室にいない。やむなくまた下に降りると、小林が外から戻ってきた。表情が硬い。

「どうしたん。家庭訪問か」

「はい。米田ちさとのとこに」

「どないしたん」

「先週から四日続けて休んでるんです。もしかして登校拒否かと」

「そうなんや」

「家行ったけど、鍵かかっていて誰も出てきませんん。多分、家族が出勤した後、家に残ってるんかなと」

小林はかなり動揺している様子だ。無理もない。真之も不登校児を抱えて苦労したことがある。保護者に強く言い過ぎて、関係をこじらせてしまい、小宮山に助けられたことが今でも忘れられないでいる。

「後でゆっくり相談しよう。今日笠井先生お休みや」

「わかりました」

二人は職員室へ入り、笠井学級のカバーを相談した。

みんないろいろ困難を抱えて仕事をしている。根本的には教員の数が足らない。教材研究の時間も満足にとれない。持ち帰りの仕事に追われている。それなのに、そんな状況はお構いなしに、やれ学力テストのアップだ、やれ評価育成システムに基づく自己目標追求だと責め立てられ、挙句の果てに学校スタンダードなどと言い出している。そのための研究に、また多くの時間と労力が割かれることだろう。子どものための苦労は厭わないが、無駄なことには時間をかけさせないでほしい。久々に、真之の心には苛立ちと怒りが渦巻いていた。

一昨年から取り組んでいる分会掲示板への職場要求を、また書いてもらおう。話し合いの場も、必ず実現しよう。改めて決意する真之だった。

3

次の日、笠井は出勤してきた。

「すみませんでした。子どもが熱出して」

「え、インフルエンザですか」

「違います。もう大丈夫。ちょっと弱い子なんで」

その日は、久々に三人そろった学年打ち合わせ会を開くことができた。真之はさっそく、小林に不登校児のことを聞いてみた。

「一学期中はなんもなかったんですけど、急に休みだしたんです」

「米田さんやったかな。保護者はどう言うてるの」

「昨日の晩家庭訪問したんですけど、休んでたと聞いて驚いてました。何時《いっ》も最後に家を出るので、普通に登校してると思ってたそうです」

「クラスの中では、どうやったん」

「特になかったと思いますけど」

「親しい子に聞いてみた」

「はい。わからん言うてました」

保護者も、担任も気づいていない原因があるのだろう。もしかしたら、何かのいじめがあったのではないだろうか。

「それで、保護者とはどういう話になったん」

「それがすごいこと言うんです。お父さんが、あの子の気のすむまで休んだらええ。ただし、なんでもいいから家で自分のやりたいことをしなさいと言ったって」

真之は驚いた。そんなことの言える親はめったにいない。

「お父さん、学校の教師か何か」

「いえ、会社員です。自分も一時期不登校やったけど、今こうしてやってるから大丈夫や。本人任せにするて」

「お母さんは」

「納得してないようでしたが、黙ってはりました」

笠井がほんとにクラスの子は何も知らないのかを

尋ねると、小林は考えこんだ。確かに、突然休む理由は何かあるはずだし、誰かは気づいているはずだ。親がそんなに締め付けもしていないとすれば、原因は学校にあるとしか考えにくい。

「親がかまってくれないので、関心を引こうとしたということはないですか」

笠井の考えも一理ある。そんな子もいた。

とにかく、しばらく様子を見ることにしよう。無理押しはやめよう。しかし、家庭との連絡だけはきちんと取り合おう。ということで、話は変わった。

「学校スタンダードて、なんか気持ち悪いです」

笠井がそう言い出すと、小林はちょっとためらいながら言った。

「正直なところ、そうやって決めてもらったら、楽かなという気持ちもあります。国語や算数にしても、ぼくは自分の考えをちゃんと持ててないし」

小林の言う気持ちはわかる。だからこそ、全国的にスタンダードというやり方が広がっているのだろう。

学年会が終わった時、川岸が教室にやってきた。

「またパワハラや。森下さん、泣いて怒ってた」

「どうしたんですか」

「後半休取って、帰ろうとしたら、教頭にぐちぐち言われたんやて。明日は来れるんやろな、とか、みんな無理して遅うまでがんばってくれてるんやから、とか」

「そんなこと言うんですか」

「森下さんがな、私はがんばりたいけど、家族のことは何とも言えませんて言うたら、そういう言い方は一般企業では通用せんでと言われたんや」

重ね重ねの教頭の嫌味だ。もう黙ってはいられない。

「校長交渉しましょう」

「そやね。分会としてきちんとやりましょう」

真之が申し入れ書を作ることになった。分会会議を開いて、きちんと論議してやろう。あわてる必要はない。支部執行部も来てもらえばいい。

「森下さんは全市教と違うから、それで教頭はいちゃもんつけるかもわかりませんね。なんで君らが言うんやと」

「私もそう思うわ。けど職場のだれであろうと、問題があれば交渉するのは当然よ」

もちろんそうだ。当然交渉する。

話が一段落した後、真之は、小林学級で起きた不登校のことを話した。

「小林君のクラスに、原因となるようなことがなかったか、実は心配なんです」

「私は何かあったと思うよ。でもそれは、いじめとかいうことではなく、端から見て、すごく小さなことやったのかもしれない」

「そうですね。不登校のきっかけのほとんどは学校ですからね」

「いろいろ気を遣うね。ご苦労様」

しかし、本人も何も言っていないし、親も学校に責任を求めてはいない。やはり今は見守る時なのだろう。

真之たちは分会会議を開き、要求書を作って、校長交渉を求めることにした。真之が提示した要求書の内容は、次の三点だった。

1　教職員の勤務時間について、権利を尊重し、パワハラ的な言動を行わないこと。
2　学校スタンダードについては、拙速を避け、教職員の意見を十分尊重しながら進めること。
3　昨年同様、年度末に教職員の要望を聞く場を設けること。

この内容を、できるだけ柔らかくなるよう表現に留意してまとめ上げ、校長に提出した。校長はあっさりと受け取り、「教頭とも相談するから来週話し合いましょう」と回答した。その様子は、思った以上に穏やかな表情だった。

小林学級の不登校は、どうにか収まったようだった。「気のすむまで休んだらええ」という一言が効いたようで、次の日から登校してきたということなのだ。

「でも、またいつ休むかわかりませんて、お母さんは言うてはりました。休んでもいいということがわかったので、好き勝手に休むかもしれませんて」

「そんなことはないやろ」

「だといいんですが」

小林は不安げだった。

4

校長交渉は、土曜日にやろうという校長の言葉で、真之たち四人の組合員は、校長室に集まった。支部役員にも来てもらいたかったが、残念ながら都合がつかないとのことだった。無理もない。彼らも専従者ではなく、同じように働いている教員なのだ。

校長と教頭を前にして、真之は緊張感を覚えたが、言うだけのことは言わなくてはならない。自分はここでは全市教を代表しているのだ。

教頭が口火を切った。

「要求書を読ませてもらいました。一番目のことは、何を指しているのかよくわからんので、具体的に言うてください。

二番目は当然です。何時も尊重してます。

三は、まだ、どうなるかわかりません。職員のみなさんが、そういうことを望んでいるのかどうかもわかりませんから、その時が来たら改めて話し合います。

以上ですわ」

真之が何か言おうとする前に川岸が鋭く言った。

「教頭先生。ほんまにわかってはらへんのですか。森下先生は、泣いておられました。記憶にないんですか」

「知らんがな。そんなこと言われても。川岸先生はその場におったんか」

「おりません。森下先生から話を聞きました。民間やったら通用せんでと言われたとも聞きました」

「だから、それは受け止め方によるやろ。私は、校長先生に同じようなこと言われてもなんとも思いませんで。指導していただいてるんやなと思います」

「すみませんが」

真之は言葉をはさんだ。

「ぼくが半休を申し出たとき、教頭先生は、妻の方が仕事優先かとおっしゃいました。森下先生に対して、夫の協力はどうなってるんやという意味のことを言われました。なぜいちいちそんなことまで言われなあかんのですか」

「それは普通の会話やろ。家族の協力があった方がええなあ言うてるだけや」

真之はちらっと美由紀の顔が浮かんだ。「学童の方が休みやすいと思う」と言った美由紀の悲しそうな言葉が思い出された。突然、真之の心に言い難い思いが吹き上げてきた。

「年休は権利と違うんですか！　黙って受け取ってくれたらええんと違うんですか。なんでいちいち嫌味なことを言われなあかんのですか！　誰でも、軽々しく休みたくないですよ。子どもたちのこと気にして、迷惑かけたくないと思って休んでますよ。ぼくらが全部年休使い切ったことありますか！」

思いがけない真之の剣幕に、教頭はちょっと驚いたようだった。この学校へ来てから、こんなに激しい口調でものを言ったのは、初めてだった。

「そこまで言うか、君は。たいしたもんやな」

教頭の言葉は嫌味だったが、たじろいだようにも聞こえた。その時、江藤が発言した。

「あの、私は、一人で暮らしているので、子育てしてはる先生方のご苦労はあまりわかってないですけど、女性活躍社会いうても、まだまだ大変なことが多いと思いますし、みんなで支えあっていくような職場になってほしいです。教頭先生には、私らのわからないご苦労があると思いますけど、できるだけ職員の気持ちをわかってほしいです」

江藤の言葉は穏やかで、誠意がこもっている。

校長がうなずきながら初めて口を開いた。

「先生方のご意見はよくわかりました。しっかり受け止めさせていただきます。言葉の行き違いは、できるだけなくすように努めていきたいと思います」

校長の発言は、微妙に受け取れる。言いたいことはわかったから、もうこれ以上、教頭を責めるな、謝罪まで求めるなと、真之は受け止めた。

「二番目の学校スタンダードについてですが、先生方は、少し誤解しておられるのではないですか。私は、いつもみなさんの意見を尊重してきましたし、これからも尊重します。何を危惧しておられるのですか」

校長は、余裕たっぷりの口調で話す。真之はちょっと気圧《けお》されるような気がした。

「あの、ぼくたちも、学校には色々なルールがあるし、みんなでそれを守っていくように指導するということは必要なことだと思います。ただ、授業のスタンダードとか、授業の進め方まで細かく決められるのが不安なんです」

「高橋先生は、すでに経験を積んで、しっかり授業をしておられると思いますよ。でも、新任の先生や、初めて違う学年を持たれる先生は、どうですか。何もかも一人で考えてやっていけますか」

それが難しいのはわかる。自分だって新任の時は、どうしていいかわからないことばかりだった。だが、それと今言われているスタンダードとは違う。明らかに違う。校長は言葉を続けた。

「私は、ベテランの先生でも、若い先生でも、同じようにしっかりと子どもたちが教えられる学校を目指したいのです。あの先生にはちゃんと教えてもらえなかった、外れくじ引いたみたいなことを、保護者の方に言われたくないのです」

その理屈で来たか。真之は必死に反論を考えた。

「子どもたちは、どの子も平等に教育を受けられるようにすべきです。それは先生方も同じお考えでしょう。だからこそ、スタンダードという方式が広がっているのだと思いますよ」

校長は言葉を切って真之たちを見た。自信のある表情に見えた。

「先生のお考えは、法則化運動とよく似ていますね。私も一時期、雑誌を読んだりしていました」

川岸が話し始めた。真之は法則化ということをよく知らない。

「でも、法則化の人たちが言うように、いくら同じ指導案で授業をしても、教師は一人ひとり違うし、子どもも違うから、絶対同じ授業にはなりません」

「それは当然ですね」

「だから、そういう授業のパターン化を進めるのではなく、一人一人の教員がじっくり教材研究できるような時間の保証が一番大切だと思います」

「それは大事なことですね。否定はしません。でも、時間保証というのは私たちだけでできることではないでしょう」

「わかっています。だから、今も超多忙な私たち教員に、新たな課題を持ち込んで、時間を奪わないでほしいです」

「研究は、教師にとって大事な課題ではないのですか」

「大事でないとは言いません。中身が問題です」

「始める前から、中身はわからないでしょう」

校長と川岸の議論は、次第に水掛け論の様相を呈してきた。校長がやや口調を強めて言った。

「この議論はこれからも続けていきましょう。今日はもう、ここまでにしましょう。三学期の職員会議で、色々要望を言ってくれることは否定しません。意見はちゃんと伺います。ですから、先生方も、匿名ではなく、あなた方のように、きちんと発言されたらいいと思います」

真之ははっとした。教職員の要求を掲示板に書いてもらい、まとめて提出するやり方は、職員会議などでは一人一人の意見が出しにくいから考え出したことなのだが、それを否定されては困る。

「匿名が悪いとは思いません。アンケートや投書は匿名で、意見を問うやり方です。そうでなければ本音は出ません」

「新聞の投書と、職員同士の会議を一緒くたにしてもらったら困るなあ」

教頭が口を挟んだ。

また江藤が発言した。

「先生。私たちは弱い立場なんだと思います。評価育成システムで校長先生によって評価されています」

「校長先生は、そんなことで評価を変えたりはなさらへんよ」

「わかっています。でも、あえて自分が声を出さなくてもいいと、誰でも思います。私もそうです」

校長は笑顔でうなずいた。

「先生は素直な人やね。みなさんも、まじめな方ばかりです。植村先生。あなたも意見があれば言って」

植村は、戸惑いながらも発言した。

「あの、すみません。そのスタンダード授業いうのが出来上がったら、完璧にその通りせなあかんということですか」

これは最も確認したいことだった。

「完璧になんて、誰もできませんよ。でも、それに近づくようにしてほしいですね」

校長の言葉に、川岸が反論した。

「結局そうやって型にはめていくんですか。それでは、授業を工夫してやっていくという自由がなくなります」

校長は大きく手を振った。

「やっぱりあなたは、悪く考えすぎ。そんな完璧な形なんか求めていませんよ。授業の基本はだれがやっても同じなんだから」

教頭も付け加えた。

「どっちにしても、スタンダード化は時の流れや。来年には市教委もプランを発表するやろ。そうなれば、大阪市のすべての学校が、歩調をそろえてやっていくことになるんや」

そうかもしれない。だが、本当にそんなことがあったら、もはや教育の自由はないに等しいのではないか。

四人はしばらく黙ってしまった。真之は思い切って尋ねてみることにした。

「校長先生は、小林先生の研究授業で、独特のやり方をしたことを認めてくれました。先生は、自由な授業のやり方を大切にされる方だと思っていたのですが、なぜ、スタンダードの先取りをされることになったのですか。ぼくは正反対だと思うのですが」

校長は、少し笑みを浮かべて、教頭をちらっと見た。「私は、校長として、総合的に物事を判断しなければなりません。それだけです」

教頭が時計を見た。

「では、そろそろ終わりましょか。お疲れさん」

これ以上はもう平行線だ。言うだけのことは言った。真之も終わりを宣言し、四人は校長室を出た。

「お疲れさん。先生、すごい迫力やったわ。さすが」

川岸が話しかけてきた。

「いえ、先生も、江藤先生も、植村君も、それぞれよかったです」

真之も、笑顔で一人一人と握手した。

5

それから四人は、真之の教室で話し合った。

「私、ちらっと思ったんやけど」

川岸が考えながら話し始めた。

「校長は、かなり教頭に気を使ってるんと違う」

「どういうことですか」

真之が尋ねると、川岸は意外なことを言い出した。

「校長は、ほんとはそれほどスタンダードに乗り気ではなかったと思うわ。あなたが言うたとおり、研究授業の時の態度から見ても真逆やろ。だから、教頭に泣きつかれたんと違う」

「つまり、出世ですか」

「そう。スタンダードの先取りをして、実績を作れば校長昇進も早まるというわけ」

そうかも知れない。だが、校長が自分の意思に反してまで譲歩するだろうか。自分にも研究の実績を上げたいという思いはあったろう。

「いずれにしても、これからの取り組みが大事や。職場の合意を作る努力をしましょう」

「どうすればいいんですか」

江藤が尋ねた。

「一人一人の先生方と、話し合っていきましょう。スタンダードで縛られるのは嫌という先生もたくさんいると思うし」

「なかなか本音を言ってくれないんと違いますか」

「そやね。けど、アンケートを作れば書いてくれるよ」

確かに、前校長の時から始めたアンケートを掲示板に貼り出し、それをもとに会議にこぎつけるやり方は有効だった。今の校長もはっきり否定はしていない。

「時機を見てやりましょう」

川岸の言葉で、分会会議を終えた。

翌週の学年会で小林が、また米田の不登校が始まったと報告した。一時的に登校したが、また来なくなったというのだ。もう大丈夫と思った考えが甘かったようだ。不登校は本当に複雑で、難しい問題だ。

「とにかく無理せんとこ」

「はい。けど、お母さんは、お父さんと違って、かなり心配しています。このままずっと学校へ行かなかったら、どうしていいかわからない。私は仕事辞めた方がいいのかと」

その気持ちはわかる。父親のようには割り切れないだろう。

「ぼくは、毎日訪問した方がいいんでしょうか」

小林の不安そうな問いに、真之は答えた。

「ぼくも、不登校のことでは、過去に失敗したことがあってな。学校へ来さすようにするのは親の務めやみたいなことを言って親ともめてしまったんや。学年主任の先生にもえらい迷惑をかけたんや」

あの時、小宮山は、毎日のように自分の代わりに家に行ってくれて、関係を修復してくれたのだが、それは真之の大きな教訓になっている。親に責めるようなことを言ってはいけないし、まして子どもを追い詰めるようなことは絶対に禁物だということだ。

「毎日行ったりするのは、かえって親を苦しめることになるから、止めとき。時々訪問したらええ」

「はい」

「それと、ぼくが言われたのは、行ってもあんまり学校の話ばっかりせずに、テレビや野球の話でもする方がええということや」

小林は安心したようだった。

この後、二学期の残り期間の予定などを打ち合わせ、話が終わろうとしたときに、笠井が言い出した。

「あの、三学期の最後の参観日のことなんですけど、何か考えてはりますか」

「今のところはまだ」

「私、学年で一緒に何かやりたいんです」

さらに笠井は、真之がひそかに願っていたことを言い出した。

「私、今度は高橋先生に主役になってもらいたいんです。あ、もちろん主役は子どもたちですけど、指導の主役です」

笠井の提案は、学年で劇や音楽を取り入れた発表会をしようということだった。学校として学習発表会や学芸会といった行事は行っていないが、学年や学級で、参観日に劇や合奏をすることはできる。真之も内心考えていた事だった。会場が、高学年どうしでかち合う心配はあるが、講堂と多目的室があるから、何とかなるだろう。テストの指導に躍起となっている大宮たち六年生の教員が、そんな取り組みをするとは考えられない。

「私、研究授業では、ずいぶん目立つようなことをやらせてもらいました。今度は先生の演劇力と、小林先生の音楽力を生かしたことがやりたいんです。今は、もう持ち上がりがなくなってきたし、この学年でやれるのは今しかないかと思います」

笠井の熱心な言葉に、すぐさま小林も賛成した。二人で相談していたかと思う雰囲気だった。

「ぼくは一人ではなんもできません。一緒にやらせてください」

真之はうなずいた。

「ほな、みんなで演劇にでもチャレンジしますか。小林先生と、江藤先生の力があれば、音楽は大丈夫。後は台本や」

「先生、色々心当たりがあるでしょう」

笠井の言葉に、真之はちょっと考えた。小宮山からいろいろな脚本はもらったが、一緒にやった時の子どもは七十人くらいだった。今は百人近い。同じようにはいかないが、合唱グループを増やせば何とかなるだろう。上演時間の問題もある。四十五分以内に納めなくてはならないだろう。

「そしたら、来週までに、いくつか台本を持ってきます。それをもとに話し合いましょう」

その日は、それで会を終えた。

真之は帰ると、早速、本棚やロッカーを調べて、脚本をかき集め、大勢の出演者があって、歌が入っていて、面白いものを探した。思い出のいっぱい詰まった「ウィリアム・テル」の他に、「ロビンフッド」「宝島」「レ・ミゼラブル」などが出てきた。いずれも小宮山が書いたり演出したりした作品だが、真之は時代を超えて楽しめる名作ぞろいだと思っていた。

翌日、真之は、笠井たちに脚本を見せた。学年会までに目を通してもらって話し合い、最終的には子どもたちに選ばせるつもりだった。

学年会で、真之は、張り切って二人の意見を待った。だが、笠井の言葉は思いがけないものだった。

「私、ちょっと、この脚本では難しいと思うんです」

「難しいというのは内容がですか」

「いえ、お話は有名だし、どれも面白いんですけど」

「そしたら、何が」

「児童劇団とかがやるなら何の問題もないんですけど」

笠井は、ちょっと困ったような顔で続けた。

「どの劇も、主役のヒーローが活躍します。でも、その役が目立ちすぎて、その他大勢の役との差がありすぎると思うんです。だから、配役を決めるのが難しいかなと」

なるほど、それは事実だ。

6

かつて、小宮山が「ウィリアム・テル」を指導したときは、配役もうまく決まったし、当日重要な子が休んでも、すぐ代役がこなした。一人一人が、劇づくりに集中し、結束していたのだ。

だが、自分にはとてもそんな指導力はない。小宮山のやり方を真似てみたところで、同じことはできないだろう。ここは、笠井の言葉を尊重した方がいい。

だが、それならどんな脚本を選んだらいいのか。書店や図書館に行けばいくつかあるだろうが、もう一つ気持ちが乗らない。

黙って考え込んでいる真之に、笠井が心配そうに声をかけた。

「すみません。水を差すようなこと言うて」

「いや、とんでもない。言われたことはよくわかります。ただ、ではどうしようかと」

小林が尋ねた。

「あの、あんまり主役が目立たない劇て、どんなんですか」

「たぶん、構成劇やと思う」

「構成劇、ですか」

「はい。いろんな場面を組み合わせて、コールや合唱でつないでいくやり方です。全体としては大きな一つのテーマがあるんやけど、独立した場面ごとの物語になったりする」

「それなら、たくさん出演できるし、一人だけが目立たなくなりますね」

笠井が応じた。

「そういう形式の脚本はありませんか」

「あると思うけど」

小林が突然言った。

「先生、書きはったらどうですか」

「ぼくが」

真之は戸惑った。自分が書こうとまでは思っていなかったのだ。以前、組合の集会で上演する構成劇を執筆した経験はある。だが、子どもたちのやる劇でそんな経験はない。今から自分に書けるだろうか。とても無理だ。ところが笠井も賛成した。

「先生。お願いします。やってください。子どもたちの意見も聞いて創ってください」

真之はまた考え込んだ。

「問題は題材ですね。何を中心にするか」

笠井が応じた。

「一年間を振り返って、学校生活を語るとかは」

「うーん」

確かに、それは一つの考えだが、それで面白いものが創れるだろうか。ある程度ドラマチックな方がいいのではないだろうか。

引き続き考えていこうということで、その日は話し合いを終えた。

その日家に帰ると、美由紀が勢い込んで話しかけてきた。

「保育士さんが見つかったんやて。明日から来てくれるよ」

「そらよかった。どこの人かな」

「所長さんの後輩で、退職して専業主婦してたんやけど、ピンチを助けるために来てくれることになってたんやて」

美由紀は、上機嫌で、缶ビールを食卓に運んだ。

「とりあえず乾杯やな」

「うん。けど、あくまで一時的なことやと思うから、まだまだ解決ではないと思うよ」

二人はそれからしばらく食事をしながら語り合った。保育所のこと、学童の様子、もっぱら聞き役だった真之がふと劇の話をすると、美由紀はすぐに答えた。

「とりあえず、小宮山先生に聞いてみたら」

「やっぱりな」

実は迷っていたのだ。そろそろ小宮山の力を借りずにやってみたいという思いが芽生えていたのかもしれない。自分の考えを固めてから意見を聞いても遅くないと思っていたのだが、やはり早い方がいい。

真之が小宮山に電話し、構成劇の話をすると、すぐ返事が返ってきた。

「笠井さんいう方はしっかり者や。子どももたちもどんどん変化しているし、学年で劇するんやったら、構成劇がええかも知れん」

「題材はどうですか」

「生活から取材するのももちろん悪くない。けど、他の題材もあるよ」

「なんですか、それは」

「たとえば社会科学習や。五年やからまだ日本の歴史は勉強してないけど、四年生で、郷土の歴史とかは学んでいるやろ」

郷土の歴史。そうか。大阪の歴史か。

何かしら、ぱっと目の前が開けた思いだった。

「大和川のつけかえとか、淀川の工事とか、大阪の街づくりに題材を取れば、ドラマチックな場面もあるし、大勢活躍できるんと違うかな」

小宮山の言葉を受けて、真之は学年会に提案した。

「社会科の副読本から題材を採って、劇化したらどうかと思うんです。四年生で力を入れて学習したことを、子どもたちから聞いて」

この提案を受けて、笠井が尋ねた。

「子どもに聞くのは大事ですけど、先生は、何かこれでやりたいというイメージがあるんと違いますか。創る上でそれが大事だと思いますけど」

「そうですね」

　二年前に四年生の担任をした時は、荒れた苦しい学級だったが、二学期からは落ち着いて授業ができた。社会科では、淀川や大和川の治水の苦労や、公害問題の学習などが印象に残っている。

「うちの地域から、密着したドラマが創れればいいですけど、それにこだわるとまた難しいので、やはり、力を入れて学習した大和川のつけかえか、淀川の治水か、そのあたりを中心にしたら、台本が創れそうな気がするんです。ただ、大和川のつけかえ工事を成功させた話は、中甚兵衛《なかじんべえ》の伝記物語になりそうなんです」

　笠井が言った。

「私、新任の時に、学習発表会で大和川つけかえの劇を見たことがあるんです。研究が進んで、だいぶ史実と違うという話も聞きましたけど」

　そういう難しさもあるのか。

　話はあまり進まなかったが、結局のところは、真之の判断に任せようということになった。それほど時間は残っていない。次第に追い詰められて行くような気がしないでもなかったが、もはややるしかない。

　子どもの意見も聞いた上で、この冬休み中に一応の脚本を作り、三学期の初めから劇づくりをしようということになった。

「稽古の時間がとれるかな」

「何時間ぐらい必要ですか」

「まあ、毎日少しずつでもできれば」

　社会科の授業や、音楽の授業も活用するとしても、そう多くの時間はとれない。真之は、内心、朝練や放課後の練習をイメージしていた。しかし、それは強制することではない。あくまでも、子どもたちがその気になってできることだ。前途は厳しかった。

第十章　みんなの晴れ舞台

1

二学期のまとめをする個人懇談会がやってきた。

初日に訪れた沖優香の母親は、真之に何度も感謝しながら、無理しないで勉強していると伝えてくれた。学校の中でも、友達と遊んだりする姿も見られますと話すと、喜んでくれた。

大田幸雄の母親も、都合をつけて来てくれた。祖母がずっと来てくれるようになって、幸雄の食事に困るようなことはなくなり、家の中もかたづいてきたという。幸雄もすっかり元気になってきた。

いじめ問題のあった子どもたちも、まずまず順調に過ごしているようだし、クラスの中は落ち着いている。懇談会は心穏やかに終えることができた。

後わずかで無事に二学期を終えれば、いよいよ大仕事が待っている。何としても脚本を作らなければならない。勝負はこの暮れにかかっている。

真之は、図書館で、『淀川絵巻』『デ・レーケ物語』、など関係資料を集め、脚本の構成と場面づくりに取り組んだ。

歴史をたどるには、何かしら進行役がいる。ナレーターが出てくるとか、子どもが調べたことを報告するという形式も考えられるが、あまり面白くない。タイムスリップするという手法も考えられるが、今一つの気もする。散々考えた末、ふと思いついたのが、川の神様や、精霊といった存在を出すということだった。

冒頭、河川敷で、子どもたちが遊んでいて、ごみを捨てる。そこへ川の神様、例えば竜神が出てきて、子どもたちに天罰を下す。許して欲しければ、自分と一緒に来るがよいといって、川の成り立ちや、人々の苦労を紹介していくという物語構成だ。

場面の中では、和気清麻呂《わけのきよまろ》、河村瑞賢《ずいけん》、オランダ人技師デ・レーケなどを登場させ、治水の場面などを演じる。この場面では大阪の築港《ちっこう》も出てくる。校区に近い場所だ。そして現代では、公害問題に触れ、未来への思いを語らせる。その他、川がくらしに役立った運送や、往来の様子も描きたい。村人、子ども、川の生き物、精霊たちなどセリフ入りの登場人物が百人くらい創れそうだ。

毎日、一つの場面を書く決意で、真之はパソコンに向かった。家の片付け、年賀状、色々ある中で、懸命に執筆を続け、大みそかの晩十時ごろ、ようやく第一稿ができあがった。

真之は「やった」と叫んでガッツポーズをとった。

「お疲れさん。やったね」

美由紀が、早速ビールとグラスを持ってきた。元日を前にして、一足早く二人は乾杯した。

それから美由紀は、真之の書いた脚本を、熱心に読み込んだ。

「どう思う」

「よかった。面白かった」

美由紀は、もう一度読み返していた。

「真之さん、三重出身やけど、大阪への愛情が感じられた。みんなでこの街を作ってきたんやという思いみたいなものがすごく感じられる」

「竜神の言葉やな」

「うん。だから、保護者の人たちも、なんか感じると思うわ。大阪のいいとこを守っていってほしいとか」

そこまでは考えすぎではないか。だが、美由紀はさらに続けた。

「橋下市長が、大阪は猥雑なものをみんな引き受ける街にするて、うっとしいこと言うたやん。カジノとかも作るつもりやろ。だから、そんな街にしたらあかんという気持ちは、みんなあると思うわ」

美由紀の話は、子どもの発表を離れて、政治談議へと飛んで行った。

「ところで、エンディングの歌を作りたいんやけどな」

最後に子どもたち全員で歌って幕を閉じる歌だ。

「淀川の歌やねん。淀川の自然と歴史と、未来への思いを入れた歌を作りたいんや」

「かっこいい。がんばって」

「というのは簡単やけどな。難しいんや」

真之は、再びパソコンに向かった。何とか今年中に、歌詞を作ってみたかった。

だが、いつの間にか睡魔が襲ってきた。崩れるように布団に横たわると、眠りに降りていた。

目が覚めると、朝の五時だった。

パソコンを開くとやりかけの歌詞の続きが書き込まれていた。美由紀の仕業だ。すごい。ちゃんと歌詞になっている。

歌詞は三番までとし、最後の行を、それは淀川、という構成にするつもりだった。

歴史をきざむ川　それは淀川
くらしを流れる川　それは淀川

ここまでは真之の作詞だが、三つ目に美由紀の詞が書き込まれていた。
未来へ流れる川　それは淀川、となっていた。

2

三学期の直前に真之たちは、学年会を開き、脚本を検討した。二人とも、真之に感謝し、作品を大いに評価してくれたが、歌をもう少し入れたいという意見が出た。笠井にも歌詞を考えてもらい、小林に曲をつけてもらおうという話になった。

「公害問題が出てくるけど、もう少し盛り上げたいですね」

「何かいい考えは」

「川の中の生き物を登場させるというのはどうでしょう。公害で苦しんでいる生き物」

笠井のこの意見を取り入れ、早速その晩真之は手を加えた。始業式の日も、会議等が終わってから集まり、一つ一つのセリフも、遅くまでていねいに検討しあい、表現を工夫した。

参観日までは四十日くらいしかない。始業式の翌日、子どもたちに、最後の参観日に学年で劇をしたいということを話し、脚本を配った。翌日は各クラスごとに、脚本を読み合わせ、役割分担の希望を第二希望やどれでもよいというものも含めて書かせることにした。

配役は百五人あり、学年全員が何らかの役割で出演できる。このほかに、照明、音響などのスタッフも必要だが、前半と後半に分かれ、出演もできるように考えてある。また、舞台装置や、小道具、衣装なども必要になるが、それらも分担することを提案した。

一つの役に希望が重なった場合は、オーディションを行い、投票で決めることにし、希望がなければ、推薦を受け付けること、コロス（合唱隊）、村人などのメンバーは、そのグループごとに集まって、役割分担することなどを決めた。配役は、一部のやむを得ない場合を除き、男女にはこだわらないことも決めた。

配役は、ほぼ順調に決まっていった。友達関係で固まる傾向もあったが、わりとうまく分かれてくれた。数の多少は、セリフを調整することで乗り切るつもりだったので、あまりこだわらなかったが、河村瑞賢やデ・レーケ夫妻など固有名詞のある役割はオーディションが必要だった。竜神役は、仮面をかぶるので、複数に割り当てた。劇中の歌は、エンディングを除き、村人などの役割と合わせてその場面に出ているものが歌うことにした。

真之のクラスからは、あまり目立った役への希望が出なかったが、デ・レーケ夫人役を、優香が希望したのは驚きだった。

演劇はもともと好きなのかもしれないが、よくぞ積極的に希望してくれたという思いでうれしくなった。

さらに驚きだったのは、劇のことを聞いて、不登校だった米田ちさとが登校するようになったことだ。役割希望は、竜神だということだが、ほかに、舞台装置などの仕事も希望していた。

練習時間は、毎日一時間を、国語、社会、音楽、総合、道徳などに位置付けて取ることにしたが、もし、希望があれば、朝練もやることにした。

さっそく、キャストを決めての稽古が始まり、時間を効果的に使うために、場面ごとに各教室に分かれて同時に稽古をしながら、全体練習と交互に進めていくことになった。当面はセリフの読み合わせを行い、一週間後には、大まかな動きを三人で打ち合わせ、立ち稽古も進めていくことにした。

真之は、一応全体としての演出担当だが、一人で何でもやるのではなく、三人のやり方を尊重しあうことにした。

「ぼくも一場面を指導するんですか。無理ですよ、ぼくなんんか」

小林は、自信がないと言い続けたが、出来栄えにはこだわらず、子どもたちと楽しくやってほしいとの真之の言葉で、やっと引き受けることになった。

一週間が過ぎ、全体を通してセリフの読み合わせをすることになった。歌はまだ作曲が完成していないが、三曲の歌詞ができていた。

一通り、子どもたちの読むのを聞いて真之は思った。噛んだりせずに、滑らかにしゃべっている。声も大体大きく出ていて元気がいい。ただ、まだあまりセリフらしくない。気持ちがこもっていない。一人ひとり、十分な指導ができていないから、当然といえば当然だが、ここであまり取り出してやることがいいのかどうか、ちょっとためらわれた。

笠井が、発言を求めて立ち上がった。

「みんなよくがんばっていますね。しっかり声も出ています。ただ、言葉を大切にして読んでいるでしょうか」

笠井は、子どもたちの顔をじっと見た。

「一つ一つのセリフは、高橋先生が心をこめて書いてくれました。先生と小林先生も、一緒に読んで考えました。言葉が見ている人に伝わるようにどう読むか」

笠井は、話を続けた。

「言葉は、一つ一つに色々な思いが込められています。でも、見ただけでは、どんな気持ちかわからないものもあります。例えば、けっこうです、という言葉は、いりませんという意味と、そうしてくださいという意味と、どちらも使われていますね。自分のセリフはもちろん、相手のセリフもよく読んで、それを言うときの気持ちをよく考えてください」

笠井の指導は、演劇にとっては大事なことだ。小宮山から教えられてきたこととも重なる。

中でも、自分のクラスでやった「そう、よかったね」という言葉を立場を変えて読んでみよう、という指導とそっくり同じだ。やはり笠井は、国語教育に取り組んできただけあって、言葉を大切にしているのだ。

「みなさん。今日帰ったら、一度考えてみてください。自分が、この一年間で人に言われて心に残った言葉。うれしかった言葉。元気が出た言葉。辛かったけど、やはりその通りだと思った言葉。それを思い出してみてください。そして、その気持ちを思い出しながらセリフを練習してください」

笠井の指導は、子どもたちにしみ込んだようだった。

放課後、三人は、笠井の言葉について話し合った。

「ぼくは、笠井先生のお話を聞いて、自分にとってのそんな言葉は何だったかと考えてみました。高橋先生に、『子どもの前でギター弾いてみたら』と言われた時が、一番心に残っています。あの言葉でぼくは生き返りました」

「では私も言うわね」

笠井が続けた。

「私は、高橋先生に、はよ帰ってあげてと何度も言うてもらったことが、心に残っています。温かい響きでした。ほんとにありがとうございました」

「いえ、そんな」

真之自身も、これまで、何度となく小宮山や千葉に励まされてきた。「負担をかけあうのが同僚や」と言ってくれた小宮山。「子どものくらしがわかったら、ほんとにかわいくなるよ」と教えてくれた千葉。その時々の言葉が、いつも自分に希望と勇気を与えてくれた。

自分も、あの二人のように、人に対して、とりわけ子どもたちに対して、希望を与える教師でありたい。そして、この教室を、子どもたちが希望を紡ぐ場にしたい。そんな思いがふっと湧いてきた。

そうした思いを真之が口にすると、笠井は深くうなずいた。

「教室を、希望を紡ぐ場にするって、素敵ですね。

学校全体がそうなったらいいですね」

小林も、うなずいた。

「なんか、ジンと来ました」

真之は、ふと思いついたその言葉をかみしめていた。

3

翌日、真之はクラスの子どもたちに、心に残った言葉を書かせてみた。家族や友達の言葉が多かったが、真之がかけた言葉を書いてくれたものが、四人いた。「先生はきみの味方や」と言われた時、ほっとしたという梢。「食べるもの買って帰ろう」と言われた時、元気が出たという幸雄。他にも二人、通知表をもらう時、先生が「ようがんばったな。えらいぞ」と言ってわたしてくれたのがうれしかった、という子がいた。

優香は、母親が、「今までごめんなさい」と言ってくれたことを書いていた。

改めて真之は思った。何気ない言葉がいかに大切かということを。計算された言葉も必要だろうが、普段の自分自身の思想や、生き方からにじみ出てくる言葉こそ大切なのだ。

逆に、相手を傷つけてしまう言葉もあるだろう。セクハラやパワハラの多くはそういうものなのだろう。

もしかしたら、何かとぶつかる教頭にしても、それは、自分がこれまでの人生で、そんな言葉ばかり浴びせられながら生きてきた結果ああなったのかもしれない。気の毒な人だ。そんなことを考えられる余裕さえ生まれていた。

その晩、真之は、美由紀に話しかけた。

「なあ、心に残った言葉って色々あるやろ」

「うん、そらあると思うけど、なに、突然」

劇の練習で、笠井が問いかけたことを話すと、美由紀はやたらと感心した。

「すごいね。笠井先生。小宮山先生みたいな指導するんやね。合唱でも、劇と同じように指揮者が言うんよ。この歌詞の意味を考えてください、とか、作詞者の思いが、伝わってこないぞ、とか」

そうだった。組合教研の劇づくりで真之もそんな場面には出会ったことがある。

「私の心に残る言葉は、決まってるやろ。『ぼくの心にはあなたが住んでます』いうメールや」

真之はVサインした。内心期待していた答えだった。


それから、演劇の稽古は順調に進み、子どもたちのセリフは、一段と気持ちのこもったものとなっていった。

休み時間に自主的に練習する子もいたし、家でセリフを何度も読んでいるという子どもも出てきた。

優香は、デ・レーケ夫人のセリフを、普通の日本語と外国人風の片言のセリフと、どちらがいいかと聞いてくる熱心さだった。

「無理に片言にしないで、普通の日本語でしゃべってくれたらいい。もともと、この場面は、ほんとは英語でしゃべってるはずやから」

「わかりました」

優香は元気に答え、スカートの裾を持ち上げるようなしぐさで貴婦人っぽく一礼した。

真之は、子どもたちがそうやってがんばってくれる姿が何よりもうれしかった。セリフの少ない子どもたちも、それぞれ動作で表現する場面がある。村人たちが、嵐の中を集まってくる場面。土を運んだり固めたりする作業場面。子どもたちの遊びやごみ拾い。くらわんか舟で商売をする人達。そして、魚や鳥や貝たちの生き物が、遊んだり、苦しんだりする表現活動。

真之はくり返し、その練習に力を入れた。

「セリフも大切だけど、この一人一人の動きが大切なんやで。一人一人の積み重ねたものが、見ている人に伝わるんやで。みんなが主役なんやで」

こうした言葉を発するたびに、真之の脳裏には何時も小宮山の姿がよぎった。

幸い、子どもたちも楽しそうに稽古をくり返している。あまりやらされているという姿は見られない。

真之は、極力叱らずに、稽古が終わるたびにほめた。

「結果は問わない。過程が大事なんや」という小宮山の言葉が座右の銘だった。

一方、小林がギターでメロディーをつけた歌も練習が始まった。村人たちが河川工事作業で歌う、作業歌、枚方で有名だった「くらわんか舟」の歌である。エンディング曲は、江藤の力も借りてピアノ曲に仕上げられた。この曲は、ＢＧＭとして劇中に弾いてもらうことも決まった。

村人の衣装は、保護者に呼びかけ、古着を提供してもらったり、アイデアを提供してもらったりした。パソコンでバックに映す映像や解説文も、三人で協力しながら進めていった。


学年のとりくみとは別に、真之には大きな課題があった。過去二回実現することができた、職場要求のまとめと、それを話し合う職員会議の実現である。

今の上垣校長の前にいた民間校長に対し、真之たちが有志として、全教職員に呼びかけ、要求を組合掲示板に貼り出してもらい、それについて話し合う会議の実現にまでこぎつけたのである。大阪市の学校では画期的な取り組みだった。幸い昨年もそれは継続された。

現校長の下でも、同じことができるかどうかはまだ確認できていない。校長は、匿名ではなく意見を述べてほしいと言い、匿名を認めたアンケート方式での意見集約に批判的なことを言っている。教頭も当初からそういう言い方で反対してきた。それを乗り越え、職員会議では本音が出しにくいから、掲示板に無記名で意見を書いてもらい、それをまとめて議論するという形式を作り出したのだが、校長はそれを受け入れないかもしれない。

真之は、かねてから考えていたことがあった。それは、教務主任という立場でありながら、同時に市教組の分会責任者でもあるという大沢と話し合い、力を借りることだった。大沢は、必ずしも真之たち全市教に批判的ではない。むしろ好意的と思えるようなことも言っている。この大沢にぶつかってみようと思っていた。

大沢は、三学期に入ってからは、六年生の授業を支援しに行くことが多い。放課後もあれこれと忙しくしている。真之は、大沢と二人だけで話せるチャンスを待って声をかけた。職員室でパソコンに向かっていた大沢に、お話があるのですがと言うと、二人だけになりたいという気持ちを汲み取ってくれたのか、ちょっと運動場へ行くわと言って、真之を誘い出してくれた。

「今年も、先生方の要求アンケートを取りたいのですが」

「うん。やったらええと思うけど、会議で去年みたいにやれるかどうかは校長さんしだいやで」

「そうですね。校長さん代わったわけですから」

真之は思い切って切り出した。

「先生。アンケート調査を、市教組と全市教の共同でやりませんか」

「なんやて」

「両分会の共同か、または先生とぼくの連名で、アンケートを呼びかけてもらえませんかというお願いです」

大沢はちょっと首を傾げた。

「そうしたら君らの方に何かメリットあるんか」

「組合には何もありません」

真之は、懸命に話した。

「市教組に入っておられる方は、うちよりずっと多いですし、組合員の先生方が安心して書いてもらえると思います。校長先生も、両組合が求めたら、無下にできないと思いますから、会議にも応じてくれると思います」

「なるほど。そういう意味か」

「はい。ぼくは、できるだけ、先生方が思っていることを言いやすい場を作りたいんです。お願いします」

大沢はしばらく考えていた。

「分会として名前を出すのは、そう簡単にできん。お断りする」

だめか。真之がもう一度頼もうとしたとき、大沢が続けた。

「その代わり言うてはなんやけど、有志の中にわしも加えてもらうわ」

「ほんまですか。先生の名前を入れてええいうことですか」

「うん」

大沢は黙って手を差し出した。

「まあ、がんばってくれ」

「ありがとうございます」

真之はしっかりと大沢の手を握った。これで、アンケートを呼びかけるメンバーの幅はぐんと広くなる。全市教と一部の者がやってるんやという声はなくなるだろう。後は校長への会議の申し入れだった。大沢の名前も使いながら申し入れることができる。

真之はさっそく川岸に報告した。

「やったね。先生」

川岸も満面の笑顔で、喜んでくれた。


真之たちはさっそく、呼びかけ文とアンケート用紙を全職員に配った。

「今年もアンケート用紙をお配りします。本校の教育や、労働条件、さらに大阪市や府の教育政策について、ご意見や要求をお書きください。直接組合掲示板に貼っていただいても、高橋の机上の封筒に入れていただいても結構です。今週末までによろしくお願いします」

呼びかけ人は、真之と、川岸、江藤、森下、それに大沢が加わっていた。

4

大沢の名前が加わったこともあって、アンケートは昨年以上に順調に進み、組合掲示板に貼り出される声はどんどん増えていった。真之たち呼びかけ人以外でも、実名を書いている人も数人いた。真之は、昨年同様、最終評価の職員会議が終わった後に教職員の声を聴く場を持ってほしいと教頭に申し入れた。

「校長さんに聞いとくわ」

教頭はそう言って、校長室に入っていったが、間もなく出てきて、軽くうなずいた。

「去年通りでええそうや」

真之は、ていねいに頭を下げて、教室に戻った。アンケートを整理し、プリントにまとめる作業に入らなければならない。

アンケートには、苦情や要望とともに、校長に対する好意的な評価が多かった。

「児童朝会での講話が、子どもたちによくわかる内容になった」「研究授業の後の講評がいつも具体的でよかった」などである。

一方、教頭に対する苦情はいくつかあった。

「退勤するときや年休を取る時、気持ちよく対応してほしい」「もっと職員室の和に気を配ってほしい」などである。

全体的に多かったのはやはり多忙化の問題だった。

「会議を減らし、学級の仕事ができる時間を増やしてほしい」「提出書類が多すぎる。いらないものもあるのではないか」

昨年以上に多かったのは、テスト重視に対する批判だった。

「六年生は、学力テスト前になると、授業時間を過去問の練習に取られている。本末転倒だ」

「テストの結果だけで、子どもの成長発達は測れないと思う。もっと教材研究の時間を取り、子どもたちが興味を持つような授業をしたい」

一方、大宮の記名入りの賛成意見もあった。

「中学に行けば、いやでもテストと向き合う日々が続く。小学生のうちから慣れておくことは、子どもたちに対する責任を果たすことだ」

真之と川岸は、スタンダード教育に反対する意見を書いた。

「子どもたちも、教員も多様な個性を持っています。一つの枠にはめるような授業には反対です」

無記名で、そういう意見も二つほどあった。

一方、スタンダード授業を歓迎する声もあった。

「授業がスタンダード化されれば、安心して授業できる。名人芸ではなく、だれもができるような授業プランを作ってほしい」

真之は、これらの意見をプリントにし、昨年同様、教頭に手渡した。


いよいよ最終評価の会議となった。評価の項目は、あいさつをするなどの生活指導面もあるが、三年ほど前から決められている国語科の診断テストの正答率アップや、読書量年間二十冊以上などが主な議題となる。

　例によって、当たり障りのない結果が報告された。達成した、ほぼ達成したなどの報告が並んでいる。読書数やあいさつについては、子どもからの聞き取りをもとに、適当に作成することができるが、テストの結果だけは、はっきりした数値が出る。

　真之の学年では、昨年の五年よりも、少し上がっていたが、他学年はほぼ横ばいだった。六年生は、授業がしんどくなっているということで、下がっているかと思ったが、かなり上がっていた。

　校長がまとめに立ち、研究授業や、日頃の授業の充実によって、貴重な成果を上げていただいたと語り、「診断テストや、学力テストでもさらに伸ばしていくために、がんばっていきましょう」と結んだ。

　ここまでは、絵に描いたような形式的会議だった。毎年、こういう会議が行われているのだ。それぞれの教員は色々な思いを持っているはずなのだが、この場では出さない。通過儀式のような会議なのだ。

　司会をしていた大沢が、会議の終了を告げ、続いて、学校長からお話がありますと述べた。

「みなさん方のご意見を読ませていただきました」

　校長はプリントを手にして穏やかに話し始めた。

「率直なご意見を読ませていただいて、よかったと思っています。私への評価のお言葉もいただいて、ありがたく思っています。私や教頭先生の努力でできることについては、ご意見を受け止めて、改めるところは改めていきたいと思います。ただ、テストのことや、スタンダードのことは、大阪市の方針を踏まえてやっていることですから、私の一存ではなかなかご意見に沿えないこともあります。しかし、みなさんのご意見は最大限尊重して、ともに本校の教育に当たっていきたいと思います」

　校長の発言を受けて、大沢が、ご意見のある方はどうぞと促し、川岸が手を挙げた。

「私は、ずっと、テスト中心の教育には疑問を持って、意見も言わせていただきました。校長先生は、国語教育の大先輩ですので、国語の授業は、決してテストがすべてではないというお気持ちを持っておられると思います。子どもたちの多様な可能性を伸ばすような教育に努めたいです」

　江藤が手を上げた。

「私は六年の先生方が、全国学力テストの前になると、一生懸命過去の問題をやらせておられる姿を見てきました。先生方も、必ずしもいいと思っているわけではないとおっしゃっていました。何かどんどん競争が激しくなっている気がして怖いです」

「誰がそんなこと言うてるんや」と六年主任の大宮が言い返し、教頭が、座ったまま言った。

「テスト以外に、どうやって客観的な学力を測るんですかね」

　真之は立ち上がった。かねて考えていたことだった。

「以前、教頭先生とお話しした時に、そう言われました。その時ぼくは勉強不足で、何も言えませんでした。けど、今思うんですけど、作文や音読や図工や音楽でも、ちゃんと評価はできると思います。ただし、それは優劣をつけるんではなく、その子の努力したことや、表現したかった思いを汲み取ってあげるということだと思います。ちゃんとそういうことができる教員になるために、もっともっと研修したいです」

「入試はどうするんや。優劣つけなあかんでしょう」

　教頭の言葉に、真之は応じた。

「いつか、どの子もみんな高校に入れるようにすべきだと思います。大学入試も改善したらいいと思います。大阪では、逆に高校つぶしたり、減らしたりしてるけど、子どもたちに競争をあおって、勝ち組と負け組を作るようなことはもう止めてほしいです。教育は、子どもたちに希望を持たせることだと思います」

「それは先生の理想論やな」

　教頭の言葉が終わると同時に、笠井が手を上げた。

「私は、高橋先生のお考えは素晴らしいと思います。私も一時は退職しようと思っていたけど、学年で支えられて今日まで来れました。一緒に理想を追求したいです。共に希望を語りたいです」

　小林が「ぼくもです」と小さくつぶやいた。

　意見はここまでで終わった。真之も、川岸も、もうスタンダードのことは言わなかった。意見を述べれば、反論も来る。会議が長くなるのも嫌われる。もうここで終わった方がいいというような気がしたのだ。

　校長が短くあいさつし、会議は終わった。全市教分会のメンバーは、真之の教室に集まった。

「お疲れさんでした」

「よかったですね。笠井先生があんなん言うてくれて」

　江藤の言葉に、植村も続けた。

「小林君もつぶやいてましたね。ぼくもやて」

　そうだった。小林は確かに変わった。もう、組合加入を勧めるべき時が来たと思った。今すぐに行動しよう。真之は、小林に会ってくると告げて隣の教室に行った。幸い小林は、一人で仕事中だった。

「今日はありがとう」

「え、どうしたんですか」

「前から言おうと思ってたんやけどな。全市教に加入してくれへんか」

　小林は、ちょっと考え込んだ。

「組合は、自分たちを守るものやけど、教職員組合は子どもと教育を守るということも大きな使命なんや。小林先生のような真面目な人にぜひ仲間になってもらいたいんや。一緒に勉強していきたいんや」

　小林はうなずきながら聞いていたが、ぽつりと言った。

「組合は二つあるんですよね。笠井先生とこと、先生とこと。笠井先生に以前、そのことを聞きました」

　そうか。もしかすると笠井にも市教組加入を勧められていたのだろうか。

「笠井先生には悪いけど、ぼくはきみに全市教に入ってもらいたいんや。なぜかというと」

「わかっています」

　小林は真之の言葉を遮った。

「笠井先生は、自分は市教組にお世話になったから、辞めるつもりはないけど、もしあなたが組合加入するんやったら、高橋先生の方に行きなさいと」

「え、そんなことを、笠井さんが」

「はい。高橋先生を見てたら、全市教がどんな組合かわかるて」

「そうですか。笠井さんが」

「加入します。前からそう決めてました」

やった。真之の胸で喜びがはじけた。

5

いよいよ参観日がやってきた。

保護者は次々と訪れ、用意した客席はすでにいっぱいになっている。真之と小林が椅子を増やしていると、校長と大沢が入ってきた。

「ご苦労様。楽しみにしてますよ」

「ありがとうございます」

真之は校長に一礼し、舞台袖に引っ込んだ。三時間目のチャイムが鳴る。代表の子どもがあいさつし、軽快な音楽と共に幕が上がった。

ホリゾント幕に、淀川の写真がいくつか映し出され、客席にいた子どもたちがドッヂボールをパスしながら舞台に上がってきた。遊びながらポテトチップスなどのおやつを食べ始め、缶ジュースを飲むものもいる。

無対象で動作をするレッスンで、水を飲んだり、ものを食べたりする練習を繰り返しやったので、ここは彼らの演技の見せ所だ。やがて場所を移動しようとする時、子どもたちがごみや空き缶を捨てる。子どもＡＢが「ゴミ放ったらあかん」「やめとけ」と注意するが、「ええやろ」「ゴミ箱もないし」と言って、言うことを聞かない。中には空き缶を川に向かって投げる子もいる。

強い風の音、続いて雨の音が聞こえてきた。ここでは雨に降られた様子を表現するのも、彼らの役割だ。

雷鳴とともに、一段高い舞台中央から、能楽風の衣装をまとい、面をかぶった人物が登場した。竜神の登場だ。

「子どもたちよ。よっく聞け。我は、淀川に住む竜神なるぞ。人間どもに恵みを与える川を何と心得おる」

あっけにとられる子どもたち。彼らはごみを捨てた罰として、ＡＢを除き全員石にされてしまう。それぞれの姿勢で固まったまま動いてはいけない。動いたらぶち壊しだ。これも稽古の重点だった。

ごみを捨てなかったＡＢが必死に助けてくれと頼む。

竜神は二人に、わしと一緒に来るのじゃと言って、歴史をたどる旅に出るのだ。

ワープするような音楽とともに、精霊が叫ぶ。

「淀川に住むすべての生き物たちよ。そして川の恵みでうるおされた大地の精霊たちよ。この川のもとで生きた人間たちの魂よ。いざ出でよ」

ここから、登場した精霊たちがコロスとなって、淀川の地理や成り立ちを語る。淀川が、飲み水として、田や畑の水として、物を運ぶ道として、人々のくらしを支えてきたのだと。

だが、同時にひとたび大雨が降れば、洪水を起こす恐ろしい川でもあったのが淀川だ。子どもＡが、

「洪水は竜神のたたりやろ」と言う。

「違う。我らは川を守るのが役目じゃ。雨が降り、洪水を起こすのは天地のならい。いたし方のないことじゃ。だからこそ、人間たちは、川の氾濫を防ぐために、汗と涙の苦労をしてきたのじゃ。とっくりとそのさまを見るがよい」

こうして舞台は治水の歴史をたどる。

奈良時代には和気清麻呂の指導による茨田堤《まんだのつつみ》が作られた。ここでは、渡来人たちが登場し、韓国語で「ごくろうさん」「がんばれ」など言葉を発する。続いて、秀吉の時代の文禄堤。江戸時代には、河村瑞賢の指導で安治川《あじ》が作られていく。

ここは村人たちの作業歌が披露される。小林のギターで、作業の手を止めた村人たちが歌うのだ。

もっこをかつげ　エエイ　ヨイショ
つるはしふるえ　エエイ　ヨイショ
汗が流れて目にしみた
わしらの川に　夏が来る　夏が来る

元気よく歌う姿に、会場からは手拍子が起こっ

た。

土手にタンポポ今年も咲いた
わしらの川に春が来る　春が来る

歌い終えて作業にかかった子どもたちの一人が、何かにつまずいたようにして転んだ。笠井学級の野田だ。真之ははっとしたが、驚いたのは次の瞬間だった。村人役の一人をやっていた川村信二が駆け寄ったのだ。信二は転んだ野田の傍にしゃがんだ。

「だいじょうぶか」
「うん」
「無理するなよ。おまえは体が弱いんだから」
「すまんな」

二人のやり取りはそれで終わり、作業が続いた。観客は、演技と思って見ていただろう。だが、そんなやり取りは脚本にはない。信二の行動はまったくのアドリブなのだ。まるで野球の練習中のようだった。以前けんかした野田を、今この劇の中で支えたのだ。

かねがね真之は強調してきた。

「舞台ではみんな、役の世界を生きてるんや。もし相手が間違えたりセリフを忘れたりしても、自分の役の人間ならどうするか考えて対応するんや」

信二はまさに、劇の世界を生きていた。

この後、場面は、淀川で三十石船相手に酒や食べ物を売る「くらわんか舟」の場面となった。ダンボールで作った舟を動かし、舞台の上と下とで商売をするのだ。舞台の上で、みんなが歌いだした。

くらわんか　くらわんか
酒にあん餅ごぼう汁
うまいもんならまかしとき
口は悪いが値は安い
さあさ　くらわんか　くらわんか

陽気な場面の次は、明治十八年に起きた「枚方切れ」と呼ばれる大水害の場面だった。雨と風の音、半鐘の音、そして舞台の上の洪水の絵をバックに客席の後ろから、市民役の子どもたちが舞台に駆け上がってきた。

「水が来る」

「水が来る」

「淀川が怒っている」

「淀川が荒れ狂っている」

「堤が切れるぞ」

観客席に向かって、思い切り叫ぶ子どもたち。真剣さが伝わる叫びだ。音楽も雰囲気を盛り上げる。

この大災害の後、大阪府は、淀川の改修工事を考え、オランダ人土木技師のデ・レーケを招く。デ・レーケは、新淀川を作ることを提唱する。

「安治川河口に土砂がたまって氾濫するのを防ぐには新淀川をつくることが必要です。そうすることで、洪水を防ぎ、同時に安治川河口の天保山に大きな港を開くこともできるのです」

しかし、この提案は見送られることになった。デ・レーケは亡き妻のヨハンナの写真に語りかける。すると、ヨハンナが登場し、二人は語り合う。

「もうこの国は私を必要としていないのかもしれない」

「そんなことおっしゃらないで」

「いいんだ」

デ・レーケは静かに言う。

「これから先、どんなに技術が進歩しても、自然との共存は決して忘れてはいけない。そして日本が平和な国造りの道を歩むことを、私は願っているよ」

「あなた。長い間、ご苦労様でした」

ヨハンナ役の優香は、この短いセリフを、忘れたのではないかと思うぐらいたっぷりと間を取って、とぎれとぎれにしゃべった。この役をしっかり生きていた。

6

この後、舞台には淀川の生き物たちが登場する。魚、蛙《かえる》、貝、そして水鳥。それぞれが楽しげな音楽とともに、自由に舞台を動き回るのだ。体操服に、簡単なお面をつけただけの衣装だが、身体表現でどんな生き物かわかるように練習してきた。貝に扮した梢たちのグループは、側転で舞台を横断する。鳥に扮した静香は、しゃがんだ姿勢から、ぱっと両手を広げて駆け抜ける。元気に蛙飛びを繰り返しているのは幸雄だ。

どの子も、叱られたり、命令されたりせずに、自由に相談し、思いつくことをやってきたのだ。

音楽が変わった。生き物たちは、苦し気にあえぎ、動きを鈍らせて倒れていく。

「苦しい」

「水が飲めない」

「息ができない」

「だれだ、川を汚すのは」

生き物が演じるコロスたちは、農薬や工場の排水による川の汚染を告発していく。メタンガスの発生。ダイオキシンや環境ホルモンの流れ込み。生き物たちは苦しい、助けてと叫びながら倒れていく。

静香が叫んだ。

「人間たちよ。川はお前だけのものではない」

幸雄が叫んだ。

「地球はお前たちだけのものではない」

全員が叫んだ。

「みんなのものだ」

この光景を目の当たりにした、子どもＡＢがやめてくれと叫ぶ。竜神は二人に諭す。ここでの竜神役は、不登校だった米田だ。

「昔から、川は、人間にとっても、すべての生き物にとっても大事な大事なふるさとじゃった。まるでお母さんのふところのようにな。だが、時々は荒れて人間を苦しめる。しかし、それとても、人間たちは知恵と勇気で乗り越えてきた。その人間たちが、おごり高ぶり、川を汚してはばからぬ。悲しいことじゃ。わかるかな」

子どもＡＢがうなずく。観客たちもうなずいている。

「汚すのはたやすいが、きれいにするのは大変じゃ。努力と根気がいるのじゃ」

竜神は言う。

「お前たち二人は、未来への語り部となるがよい。ここで見聞きしたことを伝えるがよい。さらば行け」

いよいよ舞台はエンディングを迎えた。最初の場面に戻り、ＡＢがごみを拾う。罰が解けた子どもたちも二人につられたようにごみを拾う。生き物たちも、次々と子どもたちの周りに集まってきた。

イントロが流れ、全員が舞台に集合した。江藤のピアノで合唱が始まる。

この街で　この川で
みんなみんな生きてきた
いつの日も　ああ　いつの日も
喜び悲しみ　川面に映し
いくさの日々や　夢のあと
歴史をきざむ川　それは淀川

琵琶の湖　ふるさとに
京大阪を十九里
いつの日も　ああ　いつの日も
命はぐくみ　舟浮かべ
豊かな水を絶やさない
くらしを流れる川　それは淀川

この街で　この川で
生まれ育った私たち
いつの日か　ああ　いつの日か
広い大きな海に出て
巣立っていく日が来るだろう
未来へ流れる川　それは淀川

歌い終わると、静かに幕が下りた。

大きく長く続く拍手の中で、真之は静かに喜びをかみしめた。子どもたち一人ひとりが、楽しみながら、思い切りやり遂げてくれたのだ。

感想用紙を書いてもらい、子どもたちと一緒に保護者達を送り出していると、校長が近づいてきた。

「お疲れ様。よかったね」

「ありがとうございます」

「ほかの学年には悪かったけど、ほとんどここで見せてもらいました」

校長は静かに言った。

「これだけの劇をやるんだから、スタンダードなんて言うてほしくないというのもわかる。わかるよ。先生たちの気持ち」

校長は軽く会釈して出ていった。


その日の打ち上げ会で、江藤を交えた四人は、こもごも感動を語り合った。真之にとって、この学年を担当して、最もうれしい夜だった。それほど酒に強くない真之が、ついつい飲みすぎてしまいそうだった。

舞台の一つ一つを振り返りながら、「米田ちさとのセリフがすごかったです」と小林が何度も繰り返した。

「言葉を大事にしていましたね。米田さん」

笠井の言葉に一同がうなずいた。

「高橋先生のセリフも歌詞も大好きです。すっと入ってきます」

江藤の言葉もうれしかった。

このままみんなで、六年を担任したいねという思いが共通して出された。今は持ち上がりというシステムはほとんどないから、それは無理かもしれない。だが、それでも一緒にやりたいという願いは強かった。

「校長さんも、しっかり考えてくれるといいですね。テストだけが教育やないということ」

江藤の言葉に三人はうなずいた。


十一時近くに真之が帰ると、美由紀はまだ起きていてコーヒーを淹れてくれた。

「お疲れさん。その顔だとよかったみたいやね」

「うん。何とかいけた」

それから二人は黙ってコーヒーを飲んだ。小林の病欠、いじめ問題、優香のこと、色々なことが心をよぎり、感無量だった。ともかくここまで来たのだ。小宮山の手を離れて三年。何とか学年をまとめることができたのだ。

美由紀が突然言い出した。

「なあ、そろそろ、真裕美の妹か弟が欲しくない」

「え、とつぜんどうしたん」

「こんな話は、気分のいい夜にするのが一番やろ」

「そうやなあ」

男の子も欲しい。真裕美の弟妹《きょうだい》もいたらいい。でも、それは、さらに大きな苦労が待っているかもしれない。

「私も、今度は、ママ友の会に絶対行く。みなさんの子育て勉強させてもらうわ」

「もう、絶対平等にしなあかんな。あんなこと言われるのはごめんや」

「わかってるやん」

二人は笑い合った。家族にとっても思い出の夜になりそうだと思った。

あとがき

本作は、私が日本民主主義文学会に加入し、小説を書き始めて以来、「新任教師」「オーストリア王の帽子」「明日への坂道」「つなぎあう日々」と、書き続けてきた一連の作品の続編にあたる作品で、大阪の青年教師高橋真之の成長物語です。二〇一九年八月から二〇二〇年三月、「しんぶん赤旗」に、半年にわたって連載されました。

初々しい新任の教員だった真之は、様々な失敗や挫折を繰り返しながら、優れた先輩教師の小宮山や千葉の励ましと指導を得て、次第に成長し、今では後輩の新任教員や、同僚を支え、励ましあって進んでいくことのできる教師に成長しました。そして、美由紀という伴侶を得、真裕美という子どもも誕生して、父親としてもがんばっています。

この作品で描いた二〇一五年という年は、いっせい地方選挙、大阪都構想をめぐる住民投票、安保法制の強行、大阪ダブル選挙など、政治的激動の年でした。安倍政治、維新政治の下で、いっそう困難を増した教育現場では、不登校、いじめ、競争主義、教科書問題、パワハラなどの諸問題が吹き荒れました。

本作では、こうした問題に立ち向かい、どんな時にも子どもたちに寄り添いながら、励ましあい、支えあってがんばる教職員の姿を描こうとしました。

お読みいただいた方で、もし、これまでの作品をまだお読みでない方は、ぜひこれを機会に『つなぎあう日々』（二〇一七年、新日本出版社）などもお読みいただければ幸いです。

本作で描いた教育現場は、この間ますます厳しさを増していますが、それにひるまず、学校を希望と安心の場にしようと、真之たちのように日々がんばっている教職員や父母のみなさんもたくさんおられます。そうしたみなさんに心からのエールを送るとともに、引き続き、そのご奮闘を作品化していきたいと願っています。

最後になりましたが、前作に引き続いて、教育論等で貴重な助言をいただいた土佐いく子さんはじめ、取材、資料提供にご協力いただいたみなさんに心から感謝いたします。ありがとうございました。

二〇二〇年三月

松本喜久夫

松本喜久夫（まつもと　きくお）
1945年三重県生まれ。日本民主主義文学会会員。三重大学卒業後、大阪市の小学校教員となり、演劇教育にとりくむなかで、多くの脚本を執筆。2006年退職後、日本民主主義文学会に加入し、戯曲と小説を執筆。
著書に『つなぎあう日々』（2017年、新日本出版社）、『明日への坂道』（2014年、光陽出版社）、『おれはロビンフッド　松本喜久夫脚本集』（2001年、晩成書房）ほか。

希《き》望《ぼう》を紡《つむ》ぐ教室《きょうしつ》

2020年5月25日　初　版

著　者　松　本　喜久夫
発行者　田　所　　稔

郵便番号　151-0051　東京都渋谷区千駄ヶ谷4-25-6
発行所　株式会社　新日本出版社
電話　03（3423）8402（営業）
03（3423）9323（編集）
info@shinnihon-net.co.jp
www.shinnihon-net.co.jp
振替番号　00130-0-13681

印刷　亨有堂印刷所　　製本　小泉製本

落丁・乱丁がありましたらおとりかえいたします。

ISBN978-4-406-06475-0 C0093　Printed in Japan